くよくよマネジメント

Tsumura Kikuko
津村記久子

清流出版

くよくよマネジメント　目次

くよくよしてもいい

この本のタイトルは「くよくよマネジメント」といいますが、そんなタイトルのもとに文章を書いているぐらいなので、わたしはとてもくよくよした人間です。いろいろなことで簡単にくよくよします。世間的な基準で言うと、「くよくよ」の反対語は「さばさば」だと思います。わたしたちくよくよ族は、よく「自分はさばさばしていない、くよくよばかりしている」などと思い悩みます。また世の中の人々も、得てしてくよくよせずにさばさばしていることを評価します。しかし、くよくよしていることは本当に悪いことなのでしょうか。最近そのことをよく考えるのです。

「私、思ったことは何でも言っちゃうの。そうしないと気が済まないの」と宣言する「さばさば」した人はよくいます。わたしの周囲にもおりましたし、インターネットなどでもあとを絶ちません。さばさばした人は「さばさば」宣言をするのです。対して、くよくよしている人は、「くよくよ」宣言などしません。くよくよしているのは恥ずかしいことだからです。

ですが、見方を変えてみると、他の人に対して、常に自分の在り方を宣言している必要は本当にあるのでしょうか。「私、今日風邪なの（だから気をつけてね）」だとか、「私、明日朝早いの（だから今日はちょっと早めに帰ります）」だとか、最低限言っておきたい自分自身の状態というものはいくつかありますが、「さばさば」宣言は、実はその最低限には入っていません。どちらかというと、「私、昨日さんまを食べたんだけど」とか「私、髪形変えてまた戻したんだけど」というような、話者が発信したいから言うというたぐいの情報です。「さばさば」宣言は、美徳の告白の一種だとわたしは考えます。もしくは、「思ったことを何でも言っちゃう（だから私を気をつけて扱ってね）」という警告なのでしょうか。だとしたらちょっと、フェアなことではないようにわたしには思えます。気をつけて扱われるべきなのは、さばさばした人もくよくよした人も、さばさばもくよくよもしていない人もすべて同様だからです。

大事なことは、くよくよしているか、さばさばしているかではないと思います。それは単に自分自身のことで、本当に考えなければいけないのは、その時に心に浮かんだことを、口にすべきかどうかです。それをくよくよ考え込むことが必要なのなら、そのくよくよは肯定されて良いと思います。

また、たとえば、別の側面から観て、「何でも言っちゃう」派は、逆に「何でも言われちゃって」平気なのでしょうか。わたしが経験上知っている「何でも言っちゃう」派は、物理的に声が大きくて、反論を自分の声で覆い隠してしまうようなタイプが多かったのです。彼女たちには、自分自身の声によって、自分の心の行方を翻弄されているようなところがありました。大振りな宣言が、自由を制限しているように見えたわけです。そのことが、心の負担にならないわけがなく、仕事でプレッシャーを感じると、シンプルに弱音を吐くのではなく、他の人に当たるという屈折した行動に出たり、お酒に溺れたり、更にそういう自分の行状を誇らしげに語ったりしていました。そういう人に「何か言っちゃう」と、何倍にもなって返ってくるので、当たり前に自分の心を守ることを心がけている人たちは、彼女たちに何も言わなくなるのです。

心が自由であることが最も重要だと思います。体でたとえると、よけいな宣言や、外面的な、人に言うための美徳という脂肪に縛られていないことです。そうやってできるだけ心を軽くし、吹き付けられる毒をかわし、体のうちから湧き上がる毒を排出することであるように思います。

そういうわけで、くよくよ族のわたしなのですが、いろいろ考えたあげく、くよくよにもさばさばにも貴賤はないと思うようになりました。これからも、思う存分思い悩む所存であります。

はじめまして くよくよさんです

強がらなくても、みんな必死なので

　余裕のある人は素敵です。世の中ではそういうことになっています。わたしもそう思います。死にたくなるような生きていることの面倒くささをひらひらとかわし、「平気よ」とにっこり笑える人は強いと思います。「余裕のある」という言葉は、精神的、経済的豊かさにも通じます。余裕があると思われている人は、おおむね幸せであるはずです。周囲の人から、余裕のある人だと思われるに越したことはありません。

　などと一息に並べ立ててみたのですが、いかがでしょうか。もちろんわたし自身には、余裕などありません。何を書いたらいいのかを考えることに追われ、その日書く小説の下書きに追われ、その清書に追われ、次の日に書くエッセイのネタ探しに追われ、この原稿に追われています。大変ありがたいことなのですが、余裕はありません。

才能がないのなら仕事を受けるな、と自分に悪態をつく日々です。わたしの周囲の同年代の友人たちにも、特に余裕のある様子はありません。必死に仕事をこなし、人間関係をこなし、精一杯で生きています。「余裕のある人」だと言われたいなあ、でもそんな日は来るのかなあ、とぼんやりと夢見ながら。

人もうらやむ「余裕のある人」は、いったいどこにいるのでしょうか。それはわたしにはよくわかりませんが、「余裕」を装《よそお》う人が、一定以上の年齢に一定以上分布していることは知っています。肩肘張らず、今まで流されるままにやってきたから、と笑って言うような人です。適当にやってきたから、とさえ言う人もいます。どうも「余裕」は、ある世代にとっては一つの絶対的な美徳の基準になっていると見受けられます。

しかし、外側から見て「余裕を装う」ことには落とし穴があるようです。「装う」という行動そのものが、すでに肩肘張っていることだからです。いや、べつに肩肘張って余裕を装うことは個人の趣味なので、特に異論はないのですが、問題は、「装う」行為のしわ寄せが、理由のよくわからない不機嫌や、刺すような毒舌となって、その人自身とは別のところに押し付けられてしまう場合です。これは、前項の「さばさばした人」にも通じることなのですが、「装う」人の「こうでありたい状況」と真の自分自身の姿の間に、実はギャップがあって、そのストレスが外に向かってゆくシチュエーションがときどきあるのです。「こう見られたい」という欲望が、本来ある自分自身の弱点が表面に現れることを規制しすぎると、そのことのひずみが自分の心を苛《さいな》むのではないかと思います。

余裕のある人は素敵です。ただ、その余裕というものは、自分で演出するものではなく、内面から自然と透《す》けて見えてくるものだと思います。余裕を装う、というと、わたしは、以前インターネットの相談サイトで読んだ書き込みのことを思い出します。その書き込みは、相談に答える側のものだったのですが、「更年期がないことを嫉妬されるのだが」という相談者に対して、「わたしの母も義母も同じことを言って涼しい顔をしていました。ですが、その時期にはものすごく意地悪でした」と答えていました。

わたしにも心当たりがあります。ちょうどわたしの母親の更年期にあたる時期、母親は就職活動中のわたしに、ひどく切って捨てるようなことを何度か言いました。母親との仲は良い方だと思いますが、そのことはずっと覚えています。母親自身は、自分には更年期はなかったと言うものの、思えばあれがそうだったのでしょう。大学生のわたしには、人間に更年期があることなど知る由もなかったので、心が辛いとでも言ってくれれば、どうして自分が今こんなことを言われているのか、どうしてこの人はこんなことを言うのかということについてだけでも理解できたのに、と思います。

苦しい時には、周囲に苦しいと言っていいと思います。人はそれほど「強いこと」をうらやみはしませんし、苦しんでいる誰かをいたわれもしないほど心が狭いわけでもありません。みんな生きることに必死ですし、必死で良いのです。

優しい人にこそ負担をかけないために

自分と話をしてくれる人はありがたい、とこの年になるとしみじみ気が付きます。友人や家族との、メールなども含めた何気ないおしゃべりは、気楽な娯楽のようでいて、実はとても貴重なものなのだと、改めて思うのです。中でも、話を聞いてもらう機会というのは、とても得難いものです。

おしゃべりはただだと思われがちですし、わたしもそう考えていましたが、実際は、値段が付けられていることが頻繁にあります。一例を挙げると、テレクラやカウンセリングなどがそれにあたります。どちらも、ある種の専門的な会話の技能が要される場ではあるのですが、本質はおしゃべりにあると言っても過言ではないと思います。

おしゃべりの中でも、一方的な話を聞くということは、忍耐を要するし、相手をあらかじめ受容していなければいけません。そして他人を受容するということは、とても難しいことであると思うのです。そりゃカウンセラーは高いお金を取るわけだと考えます。もちろん、専門的な分析もしてくれるのでしょうけれども。

自分の話はいくらでもしたいが、人の話を聞くことはしない人がいる一方で、ただただ人の話を聞くということに楽しみを感じているという人は、そんなにはいないと思います。話したい人と聞きたい人との需要と供給は、そんなにバランスのとれたものではないのでしょう。

たいていの人は、おしゃべりの場では、話したいものだと思います。おしゃべりの場で、話を聞いているようなふりをされながら聞き流され、言葉尻を捉えるように別の話をされた経験は、どの人にでもあるでしょうし、また自分がそうした経験も一度や二度はあるでしょう。腰を据えて話を聞く様子でいながら、相手の話のそここに、自分の高邁な主張やライフスタイルについてを差し挟むことだけを目的におしゃべりをしている人も、中にはいます。一見のんきな状況の象徴のようなおしゃべりの中には、さまざまな思惑も潜んでいます。

ですが、そういった危ういバランスの中でも、誠実に人の話に耳を傾けようとしてくれる人がいます。相手の話がどれだけ前後しようと、同じところを回ろうと、ちゃんと人の話を聞くという姿勢を持っている人も、少なからずいるのです。そういう人と話し合うことがどれだけ貴重な機会かが、年をとるとだんだんわかってきました。

ここで打ち明けたいのは、そういう人たちはたいてい優しいということです。そして優しい人は、ほとんどの場合、繊細です。強い人はいます。ですが、タフであっても図太くはありません。傷つくことに耐えうる力は持っていても、傷つかないというわけではないのです。彼ら彼女らも、一方的にぶつけられるように話を聞いているだけでは、心がすり減ってしまうと耳にしました。わたしが日々話を聞いてもらっている友人から、そのようなことを言われたこともあります。とても申し訳ないことをしたと思います。

優しい人ほど誠実に人の話を聞き、消耗するというのは、あまりフェアな図式とはいえません。人間関係というものは本来アンフェアなものであるにしても、これはあまりにも「言ったもん勝ち」な構造なのではないかとわたしは考えます。優しい人たちこそ大事にしなければならないのではないか、とナイーブかもしれませんが強く思うのです。

やがて、そういう人たちを傷つけないためには、自分も強くならなければいけないのだな、と考えるようになりました。何か人に吐き出したくなるような問題に直面したとしても、同じところを怠惰にぐるぐる回っているのではなく、解決に向かって少しでも進まなければいけないのです。それが、優しい人たちへの誠実さの示し方なのではないかと思います。そして、彼ら彼女らとの時間を少しでも楽しい話で埋めることによって、また本当に苦しい時にも話し合える信頼関係が築かれてゆくのではないでしょうか。

問題から手を放す

この世に生きている人々の中で、大なり小なりの問題を抱えていない人は、おそらく存在しないものと思われます。問題には、大小という要素のほかに、解決できるかできないか、ということも、主な尺度としてあります。解決できない問題や、解決しづらい問題が、継続してそこにあったり、あるいは放置されているという現象は、理解がたやすいと思うのですが、おかしなことに、解決できる問題を抱え続ける人々、という人種がこの世の中にはいます。たとえば、ずっと文句を言いながらある人に関わり続けたり、あるいは、壊れかけている物を無理矢理使い続けたり、などといったことを、そういった人たちは日常的に行っています。

わたしにも、自分の持っている問題の解決を先送りにする癖があります。持ち物に関する問題が多く、これ、使いにくいなあ、だとか、使わないなあ、などと思ったまま、それでも持ち続けることが多々あります。

対人にしろ対物にしろ、どうして人は問題を抱え続けるのでしょうか。その問題があまりにも生活の一部になっているので、なくなってしまうことが想像できない場合、その問題の在り方に密かに自分の嗜好が隠されている場合、ただ問題を手放すのがもったいなくてという場合、など、理由は様々だと思います。

この文を書くにあたっては、以前「プチ持病」についての記事を読んだことを思い出しました。いえ、見出しだけだったかもしれません。とにかく、花粉症や冷え性などの、死には至りにくい持病を「持っていることによって自己確認し、自分をより良い方向に持っていく」という、不思議だけれどなかなか実感できる内容だったように思います。確かに、「花粉症で」だとか「冷え性で」、などと口にする人を傍から見ていると、ごくたまにですが、何か自分より人格を完成するピースが多いのではないかという思いに捕らわれることがあります。実際に花粉症だったり冷え性だったりする人が持病を疎んじていることは明らかですが、もし「プチ持病」に「自己確認」という要素もあるのでしたら、それは、問題を保存し続けることの根拠にやや近いものがあると思います。

もしかしたら、人間の心というものは、広大な荒れ地のようなもので、そのことを寂しいと捉えるのであれば、たとえやっかいながらくたであっても置いておきたくなるものなのかもしれません。荒れ地を耕して、実の成る有益な植物を育てるには、努力も労力も必要です。そんなことをするにはあまりに力が不足している時にこそ、がらくたを置きたい気持ちが生まれるのでしょう。心にがらくたを置いておくことも、精神衛生上は悪いことでもないのかもしれません。実際に、部屋にがらくたを置いておくのも似たようなことです。

ですが最近、わたしは、これがあった方が便利だとかたくなに信じて使っていた、古いサブのパソコンを撤去して、ちょっと生活がましになるという経験をしました。

仕事に使っているメインのパソコンで、むやみにインターネットを閲覧しないためのネット専用として、もうほとんどうまく動いてくれないパソコンを部屋に置いていたのですが、ある日思い切ってその古いパソコンを撤去して、場所を空けました。今は、広くなったそのスペースで、裁縫をしたり、趣味でやっているスペイン語の問題集を解いたりしています。スペースが空いた、ということもよかったのですが、なにより、少し情報から自由になったような気がします。

問題を保存し続けることが、生きる力につながっているのなら、それも悪くないでしょう。ですが、手になじんだ問題をふわっと手放してみると、新しい景色が見えてくることもあるかもしれません。もし少し力が残っている日があったら、手の中で転がしていた問題をどこかに置き忘れてみるのも良いのではないでしょうか。

信じれば捨てられる

この前の項では、手になじんだやっかいな物を手放してみることについて書きましたが、今回はそのことについて更に掘り下げてみようと思います。

わたしが、自分はなんとか物を捨てられる人間なのだ、ということを自覚したのはここ数年のことです。年齢でいうと、三十一歳の終わり頃、三十二歳になる直前の秋のことです。「自覚した」なんて大げさな、と整理整頓が得意な方はきっとお思いになるでしょうが、できない人というのは、本当に整理整頓に対して高い壁を感じているものなのです。わたしもそうでしたし、今もそうです。わたしにとっては、文章を書くこと以上に、部屋をさっぱりさせることの方がハードルが高かったのです。頭から、自分には片づけの才能がないと思い込んでいました。そういう人はけっこういらっしゃるのではと思います。

物を捨てられるようになったきっかけは、本当に些細なことでした。友達の付き合いでイケアに行き、「イケア収納問題片づけ体操の歌」というBGMをシャトルバスの中で聞いたからです。このことは当時、会う人会う人に話しましたし、いくつかのエッセイの中でも書いたので、ほとんど「人生を変える出来事」と言ってもよいかもしれません。イケア側としては、気軽な販促BGMであったとしても。

どういう内容の歌であったかというと、これこれは家族の誰の物か分類し、いるものといらないものを分けましょう、などという、特に変わったものでもないのですが、たった一行だけ、衝撃的なフレーズがあったのでした。「悩んだーら、ポーイ」と歌われるのです。耳を疑いました。悩んだら捨てろ。「保留」という箱を作って、数ヶ月後に見直してみろとか、そんな手間はかけず、即捨てろというわけです。

もったいないではないか、という考えも一方にあるのですが、以前のわたしの捨てられない病は深刻で、駅でもらってきたフリーペーパーや住宅情報の冊子、見なくなったビデオテープ、着なくなった服、やらなくなったゲームなど、腐らない物以外のいろいろな物を手元に置いていていたのでした。すべては、いつか資料として使えるかも、だとか、いつかちゃんと楽しんで見るかも、だとか、また着たくなるかも、などという、確信の持てない未来を想定して、手元に置いていていました。

それは、今にして思うと、自分の可能性に対する過信と言ってもいい考えのようでもあります。また、惰性でもあるのです。すなわち、捨てるか捨てないか判断するということを怠け続ける、という。

ひたすらに溜めるということに対して、捨てるという行為は、いやでも自分のこれまでを振り返ることを要求します。物を捨てることによって、自分がどんな無駄な物を受け取ったり買ったりしてきたのかがよくわかってくるのです。わたしは、物を捨てるようになってから、無駄な物をあまり買わなくなりましたし、無料の物であっても、すぐには受け取らなくなりました。買う時にいちいち、これは本当に必要な物なのか、捨てる時に後悔せずにいられるぐらい、ちゃんと使ってあげられる見込みのある物なのか考えるようになり、無料の物を配布している場合は、やはり本当にもらう意味があるのかどうかを考慮する習慣がつきました。

以前は、収納グッズを買い集め、その中をいっぱいにしてしまったら、また次の収納グッズ、と、増やす方法で生きてきて、その状態が飽和したのだと思います。捨てられない人間にとって、捨てるということは、人生観を転換する、エネルギーの必要な出来事でもあるのです。

そういうわけで、本当にいつもへとへとになりながら廃棄作業をするのですが、物を捨て、部屋を掃除しながらひたすら自分に言い聞かせていた言葉は、「やればできる」ということでした。もう十数年縁のなかった、信じてこなかった言葉です。捨てられない人間にとって、捨てることの壁はどこまでも高く厚いのですが、それでもどこかに、考えを変える突破口はあります。まずは自分の判断を信じること、という、処世術にも通じる教訓が、物を捨てることにはあったのでした。

趣味はわたしだけのもの

趣味はいろいろあるに越したことはないと思います。何と言っても趣味ですから。ものにならなくてもいいのです。ちゃんとできなくてもいいのです。生業《なりわい》のあいだの隙間の時間を、心地よく過ごせれば。

わたし自身は、趣味は多い方だと思います。今のメインになっているものはスペイン語で、十年来以上の趣味は手芸です。二十年以上やっているものは、テレビゲームと読書です。映画を見ることも好きですし、音楽を聴くことも生活には欠かせません。ただ、読書と映画と音楽は、あまりにも長い間なじみすぎて、まるで息をすることと同じ様子になってきているので、趣味というと、やはりスペイン語と手芸ということになります。べつに不自由なく聞いたり話したりできるというわけではないのですが、語学に関するハードルは変に低くなり、ドイツ語とノルウェー語もちょくちょくやっています。どれも、this is a pen 程度の理解度です。各国へ旅行へ行く予定など、実用のあてもありません。とはいえ、ウェブで読む外国語の新聞の見出しなどが読めると、はっとするほどうれしいものです。

話の種に、新しい趣味のことを説明すると、ほとんどの人は呆れて、ばかだなあ、またなの、という反応を返し、おおむねは楽しく聞き流してくれます。ですがときどき、「ものにならないのにそんなことしてどうするの？」と攻撃的になる人もいます。わたしとしては、いや、楽しいからやってるんだけども、としか言いようがありません。反面、そういう人に限って、何か時間を過ごす楽しい方法はないかと訊いてきます。それでわたしは、今までやってきたいろいろなことを勧めてみるのですが、やはりそのどれにも芳《かんば》しい顔はせず、どうしようかとぼやくわけです。

そういう人たちはたいてい、日常の中で賢いと言われることが多い人たちです。物事を精査し、考えることが好きな人たちだからです。故に、軽々しくつまらないことに首を突っ込んだりしないし、物の道理がわかっている人だと周囲から思われています。ただ賢明であろうとしすぎて、何かに関わった時に、本当にそれをすべきなのか、得なのか、人に見せる見栄えのすることなのか、ということにまで考えが及んで、結果的にそれらの要求を満たすものが見つけられない、というように見受けられます。その挙げ句に、わたしのような尻軽で底の浅い人間にうんざりするのでしょう。

でもやはり、趣味は趣味だとわたしは思うのです。対外的なことを考えている時間があったら、「一応やってみること」にあてる方が有意義なように思われます。特に、初期投資が三千円以下で、始めてもすぐにやめられることなら、どんどんやっていいと思うのです。趣味は趣味だし、人に言わなければ、三日で飽きても誰にも笑われません。十年やって下手くそなままでも、その場その場が楽しければよいのです。また、その中で、自分の生きるペースにぴったり合うものが見つかるかもしれません。

極論を言うと、服を作ろうと思って型紙を眺めていることが趣味でもまったくかまわないのです。いつか時間ができて、本当に気が向いたら手をつけられるし、またそうでなくてもいいのです。身に付かないように見えることが、生業と生業の間の時間を過ごす支えになるのなら、それはそれでよいものです。そうすることによってまた、生業に戻っていけるのであれば。

誰だって誉められたい、おもしろいね、すばらしいことをしているね、センスがいいね、すごいね、と言われたい。けれども、それが前提になると、自分自身が楽しめなくなることもあると思います。良く見られたいという欲望に囚われて、心が自由でなくなってしまうことこそ、時間の無駄だと思います。

自分が思うほど、人は他人を制止はしません。自分を自由でなくするのは、時として自分自身でもあります。隙間の時間の恩寵は、素敵に見られることに気を張るのではなく、自分の幸福のためにあるものだと思います。

趣味はわたしだけのもの

新しい趣味を
みつけることが
趣味

愚痴の危険な側面

愚痴を言うのが好きな方です。とにかく年中愚痴ばっかり言っています。わたしは心配性なので、何かを怖がったり、憂鬱がったりする種には事欠きません。ですが今年からはちょっとやめてみようと思っています。ここ数年うすうす感じていた、愚痴は時に危険なものなのではないかということについての考えが、少しずつまとまってきたからです。

理由は主に二つです。

一つ目は、間違った相手に愚痴を言ってしまう場合がある、ということです。愚痴というものは、実はすでに渋々是認していることや、動かせない現状などについて、とりあえずそれと折り合いをつけるために話す、応急処置にも似たものだと思うのですが、ときどき、愚痴と相談を取り違える人がいます。たとえば、仕事がしんどい、と言ったり、上司が面倒くさい、と話すと、「転職をすれば？」だとか「上と掛け合って係を変えてもらえば？」などと言う人です。転職にしろ、配置替えにしろ、とても難しいことですし、仕事にストレスを感じたぐらいでいちいちやっていては身が持たないことなのですが、聞き手に不向きの人は、真剣にそれらのことを勧めてきます。

誰彼かまわず、というと言葉が悪いのですが、相手の適性を見極めず、友達だから、長年の知り合いだからと自分の弱みをさらしていると、ときどき、愚痴の対象以上に、聞き手の反応に対して腹を立てている場合があります。これは本当に自分勝手なことだと思いますが、人と人が話している以上、見ただけではわからなくとも相手の機嫌が悪い時もあるし、自分の愚痴の言い方が誰かの気分を損ねることがあるのもいたしかたないのです。そのようにして、なくてもよかった摩擦を呼び込んでしまいます。

二つ目に、愚痴を自分で言っているうちに、引っ込みがつかなくなってくる場合です。あ、引っ込みがつかなくなってるな、と自分で自覚できるうちはまだいいですが、気がつかないうちに、ストレスを増幅させていることもあります。もともと、それほど怒っていないことでも、誰かに伝えようと一所懸命話しているうちに、自分で自分の話術にはまり、ささいな嫌なことが、生活を左右するむかつきに変わってしまうのです。

この増幅作用はまったく無駄なものだし、怖いことです。もともと憎まなくてよかったものを、人に話すために言葉にすることによって輪郭が立ち上がり、結果、憎んでしまうわけですから。著《いちじる》しいエネルギーの浪費です。

なぜ自分の中で抱え込んでいる時よりも、人に言った時の方がストレスが長く続いてしまうのか、ということについて考えるうちに、引っ込みがつかなくなった場合は、惰性で言い続けるのではなく、愚痴ってしまった時がどういう状態だったのか、自分で思い出して、すぐさま聞き手にあやまるようになりました。たとえば、申し訳なかった、あの時はどうかしていた、取り乱していた、今は少し落ち着いた、などと。そう告げられる方の気持ちとしてはどうかはわからないのですが、とにかく、自分なりの誠実さを込めて、この話はここで終わります、聞いてくださってありがとうございます、と言うようにしています。たいていの人は納得して、次の話に移ってくれます。誰しも、長々と堂々巡りの愚痴は聞きたくないのだと思います(ちなみにここで深追いしてくる人はちょっと怪しいです。他人の不幸話を糧にしている人は確かにいます……)。

単に口寂しくて愚痴を言いたいのか、本当に死にそうなのか、相手を探す前に少し考えるべきだと常々思います。もしかしたら、ただ眠いだけなのかもしれないし、おなかがすいているのかもしれません、午前中はとにかく憂鬱なのかもしれません。ただ耐えることは辛いし、どうしても愚痴をとめられないのなら、自分がどういう状態で愚痴を言ってしまったのかを覚えていることは、いくらかの助けになるのではないかと思います。

よくないものとわかっていながらも言ってしまう。けれど、とにかく引きずらないようにと思うことは大事なのではないでしょうか。以前に書いた「問題を手放すこと」にも似ているのですが、時には愚痴を脇にやって、少しだけましな状態で体を伸ばしてみれば、何か別の物の見え方が訪れるかもしれません。

「あなたのために」と言う前に

人には人が必要である、と言う時に思い浮かぶことは、基本的には具体的な助け合いの事象だと思います。病気になった時や仕事で困った時に助け合ったとか、物や知恵を貸し借りし合っただとか。

ですが、そんな具体的なこと以外にも、人は人を必要としています。話をする相手としてです。というか、物や行為を介した助け合いよりも、こちらの方が日常的であるように思います。他人に助けてもらうということは、なにもあれ取ってこれ取ってと頼むだけのことではないのです。話を聞いてもらう、そして自分の話に反応してもらう、ということも、立派な助けてもらう行為です。

何かを言ってもらうだけではなく、ただ黙って話を聞いてもらうだけでも、他人を使っていることになると言えると思います。むしろこの年になると、あれ取ってこれ取ってと言われた方が荷が軽いのではないかと感じることがあります。会話には時間がかかります。あれ取ってこれ取ってという用事はすぐに済むけれども、話を聞くことには一定の時間が必要です。

そもそも、人はどうして自分の話を聞いてほしいと思うのでしょうか。理由はさまざまにあります。一般的な世間話ではない、その人自身の話に限って言うと、単純に報告の義務があると思ったから、だとか、話の流れで、だとか、ほかに話題がなかったから、という、ぼんやりしたもの以外に、ある言葉や同意を、相手から引き出したいから、というものがあります。人はけっこう、自分に自信がないものです。自分が目標としている「こうありたい」という状態に、自分が届いているのかどうか常に気になっていて、その判定に苦心しています。自分は自分自身を正しく判定することはできない、という冷静な意識に基づいて、自分はこれで大丈夫か、と他人に判断してほしいのです。だからといって、あなたは全然駄目だ、などとは、本当のことでも言われたくないものなのですが、これはこれで、謙虚な気持ちであると思います。

ただ、他人に肯定されることはそんなに必要だろうか、とも思うのです。もっと自信を持てだとか、難しいこと言うのではないけれども、時には、自分はこれでいい、と自分で自分にＯＫを出してもいいのではないでしょうか。自分で自分にＯＫを出せない人は、いつまでたっても、いくつになっても他人の誉め言葉を必要とするし、それだけならまだいいけれども、中には他人をおとしめて安心するようになる人もいます。自分自身を肯定するために、あなたのためを思って言うけれども、などと、自分とは異質な他者を否定するようになることもあるのです。

「あなたのため」と言いながら、乞われてもいないのに他人の欠点をえぐることは、その人自身の安心のためという要素が強いです。また、自分が誰かにそういうことを言いそうになっているときは振り返った方が良いように思います。わたしはこの人をけなして安心しようとしている、という罪悪感を、「あなたのため」という枕詞《まくらことば》は、簡単にぬぐい去ってしまいます。本気で相手のことを思いやって、欠点を直してほしいと考えているのであれば、もっと考え抜いた言い回しを使うでしょう。

もし、「あなたのため」と言われながら猛烈に批判されるような目にあっても、どうぞ落ち込まないでいただきたいと思います。あなたの目の前の人は、ただ不安で不安で仕方がないだけかもしれません。AさんがBさんを批判していても、話の焦点は批判されるBさんではなく、批判しているAさん自身にあるというように。

人間は複雑な生き物で、それゆえに、人付き合いというものも本当に複雑です。あまり耳ざわりの良い表現ではないですが、人が会話の中で人をいいように使うことはあります。ただ、そのことを知っていれば、無意識に目の前の人につらい思いをさせることは減ると思うのです。自分の小さな満足のために、自分と話をしてくれる人を傷つけて良いことなどあるはずがありません。

心配とつきあっていくこと

常に何かを心配しています。忙しい時、心配の対象以上に興味を持てるものに接している時などはそうでもないのですが、それ以外の時は、どうもいろいろと後ろ向きなことを考えてしまいます。決して心配することが趣味というわけではないのですが、心配することが癖になっているのです。あまりよくない癖です。頭の中のことは見えにくく、心配しすぎることがどのぐらい精神に負荷をかけるのかは目に見えないのですが、体でたとえると、常に腿《もも》の同じところをデスクの角にぶつけ続けてるような、指先のさか剝《む》けをずっといじくり続けているような、そんな感じなのでしょう。ずっと鈍く、辛いのです。

頭の切り替え、という言葉があります。とても便利な言葉です。たとえばわたしが、くどくどと八方塞がりの心配について誰かに吐露するとします。すると、その人がうんざりして、「頭の切り替えをしたら」と言うわけです。実際のところ、わたしの周囲の人では母親ぐらいしか言わない言葉なのですが、口にしないまでも、自分自身に対して、頭の切り替えをしなければ、と思うことがあります。ああもうこんなめんどくさいことばっかり考えて、頭の切り替えをしなければ、と。

ですが、頭の切り替えは、そんなに簡単にできることなのでしょうか。自分の頭の中だけでできることだから簡単だろう、とどこかで侮ってしまう部分もあるのですが、これが実は、頭の中だけでできることだからこそ難しいのだ、ということに、けっこう最近になって気が付きました。頭の中のことについては、すべて自分次第なので、なんとかできるだろうと思ってしまっていたのですが、必死にならないとなんとかはならないものです。たとえば、ついつい食べ過ぎてしまう、だとか、疲れると甘いものが欲しくなってしまう、というように、ものの考え方にも傾向があって、自然とその方向に思考が固定されているのです。考え方の傾向、というと、文化的なものを想像するのですが、そうではなくて、「〜について考えがち、〜のように考えがち」といった、全般的な物事への、頭の中においての処理の方法のことです。

また、頭の中で自然と考えることなのだから、それは自分の本心であり、考え尽くすまで放っておけば消えるだろう、思考を妙に縛ることも不自然だ、などとも考えていたのですが、それもちょっと侮りすぎていたな、と思います。頭の中で考えることの厄介さとは、考えることが無制限であるという点にあります。どこかでストップをかけないと、起きて頭が働いている限りは、ついつい慣れ親しんだ心配を取り出して、いろいろな方向から眺めて溜め息をつき続けてしまいます。

心と体は、まったく性質の違うものですが、心についても、ときどきは体と同じように扱ったほうがよいのではないかと、最近よく感じています。つまり、わたしに関して言えば、心配する癖を自然な状態として放っておくことは、心を自傷しているのと同じだ、と解釈するような具合です。だから、立ち上がるたびに、自分の腿にぶつかり続けるデスクの位置を変えるように、指先をいじくるのをやめて絆創膏《ばんそうこう》を貼るように、心配することから自分をいったん引き離すのです。そのためにどうしたらいいかについてが、体に起こることのように、解決手段がはっきりしていないので困ってしまうのですが、とにかく、心配の中に身を沈めておくよりは、足掻《あが》いたほうが良いように思います。わたしに関して言うと、少し冷静な時に、自分が心配することに依存していると指摘するメモを書いて、見えるところに貼ったり、ひたすら興味のあることを書き出して、そのことを順繰りに考えたりしています。

後ろ向きで慎重であることは、本当は悪くないと思うけれども、ずっとそれではやはり苦しいのです。ときどきは、なんとかなるさと心を甘やかしても良いのかもしれません。

心配とつきあっていくこと

たくさんあると思ったらそーでもなかった

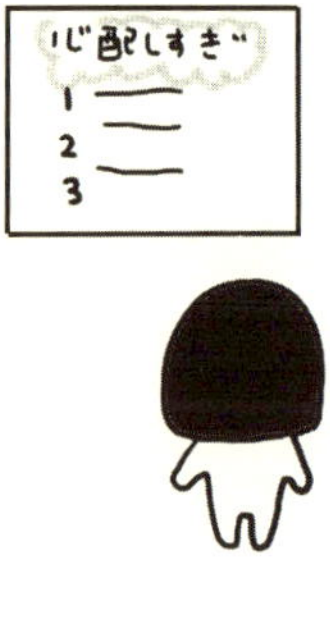

豊かさを享受する方法

流行にはとてもうとい方です。総合ポータルサイトのトップページを開かなくなったり、ＢＳやＣＳで専門チャンネルを観るようになってから、ますますその傾向が加速しました。ＳＮＳもほとんど見ませんし、定期的に世情を知る唯一の窓口は、サッカーのトーク番組のＭＣさんの話からだったりします。

具体的にどのぐらいうといかというと、ある年の正月休みに「食べるラー油」を初めて食べて以来のファンなのですが、それが実に食べるラー油が世間で話題になってから一年数ヶ月が経過してからの自分ブームだったという程度のものです。発売された当初は、興味はあるけれども、どうせ今は買えないしいいや、と思っていました。それで、一年以上後に入手して、これはおいしいなあ、話題になるはずだよなあ、と感心していたわけなのですが、じゃあもっと早く食べていれば、と思うかというと、べつにそんなふうには思えないのでした。

それよりも、すでに飽きていて、正月休みを何で乗り切ったらいいのかわからない状態にあることが怖いと思いました。発売直後にブームに乗って苦労して手に入れた人は、今もラー油を食べているのでしょうか。経済のためには、そうであることを祈りますが。

どうしてもっと早く、というふうには思わないのか、ということを掘り下げますと、だって、その時はその時ですごくおいしいと思うものがあっただろうから、そこに外部のブームを横入りさせても仕方がない、ということなのです。何をおいしいと思うかは、基本的には個人の自由です。その時の身体的精神的状況においておいしいと思うものを食べればいいのです。

常に話題に困っているマスメディアと、そういうものに触れずにはおれないある種のせっかちな人々の欲望と、ある場合には誇大宣伝という三者の入り組んだ関係において、ブームというものは作られるように見受けられます。それはそれでいいし、それぞれがやりたいようにすればいいと思うのですが、そこから距離をとっていることも、べつに罪でもないし、誇《そし》られることではありません。しかし、人間にはその時その時で身を置いている集団というものがあって、そこには、あなた遅れているわね、と顔を歪める人もいるかもしれません。そんな集団からこそ離れていいよ、と思うのですが、そこに所属し続けないと不利になることもあるので、浮世は一筋縄ではいかないものです。

そういう場合は、ひたすら聴き手に回ればいいのでしょう。「早く」を心がける人たちは、自分の「早く」体験を話したくてうずうずしている場合が多いですし、会話も成り立ちます。ただし、自分の側に本当に興味がなければ、大事なお金は使わずに。「早く」、あれを食べる、あそこへ行く、ああいうものを着る、といった消費を話題の中心に据えられることは、平和なことだと思います。ああ今自分は平和を享受しているのだ、と「早く」の人の言葉を話半分に聞きながら、頭の片方でぼんやり考えていればいいのだと思います。

けれども、消費の話題に胸焼けと息切れがしたら、家に帰って、テレビはつけずに、お茶を淹れて、昔から好きなものをゆっくり食べるといいでしょう。それを口にできることに感謝しながら。話題のために生きているような人もまた、案外そういう時間をこそ求めて、あちらこちらと動き回っているのかもしれません。消費を話題の中心に据えられることは、豊かさを表象しているけれども、静かに自分の好きなものをゆっくりと味わうこともまた、豊かさを享受する一つの方法なのです。

「くよくよ」の先には

小説の仕事を始めるようになってから、ときどき公開対談のようなものに呼ばれるようになりました。作家さん同士のものから、主催者さんの意図に添うように、カウンセラーさんや図書館の司書さんとしゃべるものなど、いろいろです。

先日は、大学の講師さんと話すために博多まで行って参りました。大雪の降った日で、行きの電車が遅れて、すわ遅刻かとひやひやしたものの、何とか間に合いました。車窓の向こうの雪景色はとてもきれいでした。人前でしゃべることはそんなに得意ではないのですが、いつも楽しみにしていることが一つありまして、それは、観覧に来てくださったお客さんに質問を募ることです。普段は本当に一人で文を書いているので、他の方の考えていることにどうしても鈍感になりがちなのですが、直接訊きたいことを投げかけてもらえると、ああ、人がいらっしゃって、わたしなんかの話を聞いてくださるんだなあ、と実感することができるのです。

博多に行った時にも、いくつか質問をされました。どれも興味深いものだったのですが、今回こちらで取り上げるのは、わたしがもっともうまく答えられなかった質問についてです。

「生きづらさ」について、いつもこちらで書かせていただいたり、小説を書くときの基盤にしている、雑駁に言うと「ゆるくていい。むなしくていい。自分を責めなくていい」というようなことをお話させていただいたのですが、わたしののらりくらりとした話に物足りなさを感じられたのか、「批判をするのではないけれども、津村さんの物言いは、悩みや苦しみの根本的解決には言及していない。そのあたりのことはどうお考えですか？」という質問を頂戴しました。

質問者さんの疑問はもっともだと感じつつ、しかし、自分がそれに答えるには力不足だなあとも考えつつ、「物事の解決は一朝一夕ではなされないものなので、心のやりくりをして残ったエネルギーを蓄えて、根本的な問題に立ち向かうことに備えればいいのではないでしょうか」というような、質問者さんからの反応からしたら、おそらく「答えられていないな」と感じられる答えを返しました。

わたしは、相談のプロではないので、あらゆる質問に速やかに答えを用意できず、単に普段本当に思っていることしか答えられないのも当然といえば当然ですが、このことはずっと心に残っています。

べつにくよくよしてていい、ということを主張したく、この本は「くよくよマネジメント」というタイトルが付いているのですが、そうやって心おきなくくよくよした先では、もう少し具体的な、前進できるようなことをしたいなあ、と改めて思いました。

人間の持つエネルギーの大小というものを、最近よく考えます。バイタリティや生命力と言い換えてもいいかもしれません。わたし自身は、持っているエネルギー量の少ない方だと自認していますし、いくつもの物事を並行して進めるのは苦手です。会社員をしながら小説を書いていたじゃないかとおっしゃるかもしれませんが、会社から帰って数時間眠らないと、頭がリセットできず何も書くことができませんでした。不器用なのです。

だからこそ、体力や精神力のやりくりということをいつも考えていて、その一環として、くよくよしていてもいい、無理にさばさばする必要はない、というわけなのですが、そのくよくよの先で、何か少しでも物事をましにするようなことができればなあ、と、答えられない質問を前にして思うようになったわけです。

世の中は基本的に、善悪でも、上品か下品かでも、妥当かそうでないかでもなく、エネルギーの強いほうへと引きつけられるような気がします。弱いものが嫌いなのだ、とシビアなことを考えるようにもなりました。そんな中にあって、ただ体や心をときどき休めるだけでなく、そのことによって少し節約された力を、自分をしんどくさせているものを動かすことに向けるのは、必要なことなのではないかと思います。

明日の自分を接待する

産まれてからの長い時間、人は生きているわけですが、その間、完全に一貫しているものは何だろう、などとときどき考えます。身体のあらゆる部分は成長して、成長し切ると、少しずつ劣化してゆきます。心も変わります。大好きだった人を嫌いになることもあるし、その逆もまた然りです。人間において変わらないものは、名前と性別ぐらいしかないのではないでしょうか。しかし、それすらも、手続きや手術で改変できてしまったりもします。

だしぬけに観念的な話を始めてすみません。とにかく、我々は変化しながら暮らしているわけです。今日の自分がいて、明日の自分、十年後、二十年後の自分、一分後、一時間後の自分がいます。今回は、一時間後〜数日以内の自分と、今の自分の関係について書こうと思います。

生活をしていて、昨日の自分の至らなさに怒ったり落ち込んだりすることは多くあります。昨日は余力があったのに怠けたせいで、今日へとへとなのに大量の洗濯をしている。昨日、何も考えずにテレビのリモコンを変なところに置き忘れたせいで、今日はないないないないと苛立ちながら探し回っている。昨日、自転車のタイヤの空気が抜けているなあ、と思ったのに、まあ大丈夫だろうと受け流したせいで、今日はよりペダルが重い。などなど、ほかにも無数に、昨日の自分に苦しめられる事例はあります。

自分自身を守るべき自分が、未来の自分の足を引っ張っている。もしや、自分の敵は自分なのかとすら思う。そこまでではなくとも、昨日の自分が味方になってくれない状態は、悲しく、腹立たしいものです。時には自分を責め、嫌いにすらなってしまう。大変不幸な状態です。

しかし反対に、自分の用意の良さのようなものに驚くこともあります。まめに会社に置き傘をしていたり、やるべきことのメモをわかりやすく作っていたり、集荷の支払いのためにお札をくずしたりしている。自分自身への信用が低い分、小さなことでも、よくやった、と自分を誉めてやりたくなります。

生きていて人が自分自身に感じることは、だいたい、腹立たしさと、まあよくやったよ、という気持ちの繰り返しだと思うのですが、わたしに関してはやはり、どうも腹立たしく感じることが多いので、いろいろ考えた末、今の自分を腹立たしく思うであろう未来の自分を「間抜けで文句言いの疲れた客」とみなすことにしてみました。もはや明日の自分は今日の自分と同じ人間ではなく、ちょっとしたことで怒る、疲れている客と仮定して、今の自分は、その人を接待しようとしている、と考えるようになりました。しかもその客は、テレパシー能力のようなものを持っていて、わたし自身にいらいらを移そうとしてくると考えます。これはもう、腹の立つ話で、丁重に扱ったほうが身のためだ、ということになります。

非常にばかばかしい考えではあるのですが、こう考えるようになってからのわたしは、面倒な物事に直面したとき、いったん、未来の自分のいらいらを想像するようになりました。そしたら少しは、次の日に使うハンカチを出しておいたり、早めに自転車のタイヤに空気を入れたり、あさってはく靴下に困らないように、小分けにして洗濯するようになりました。すばらしく快適、というほどではありませんが、自分を信じる余裕が生まれてきました。

生活をすることとは、つくづく、今日の自分と明日の自分との終わりのない交渉なのだな、と最近は思います。「明日のあんたは今日よりつらそうだから、このぐらいはやっておいてあげる」。高飛車な、どうしようもないなあ、君は、という気持ちで、明日の自分を扱ってやると、少しだけ憂鬱の数が減っていくような気がします。

明日の自分を接待する

会社の面接にいってきた
転職したい
あんまりうまく話せなかったかも…
頭、まっ白になっちゃったし…
でもおちこむのはわかってた
へへ
どうだった?
あのね
だからこのあとに友達とランチの予定いれといたのだ

おちこみ
おちついた

批判の連鎖を断つために

「批判されて苦しい」と訴えている人が、まったく別の批判する対象を探している。もしくは、苦しいということを伝えた第三者のあら探しをする。「わたしはここが駄目だと言われたけれども、もっと別のところが駄目な人がいて、それはわたしが駄目だと言われた部分よりも致命的だと思うのよね」。

とても奇妙な状況のようですが、こういうことは往々にしてあります。白状すると、わたしもときどきこういう気持ちに陥ります。傷ついた心が、埋め合わせを求めて、自分が傷つけられたのと同じやり方で、別の人間の小さな部分を損なおうというわけです。気の強い人は、批判に面と向かって対抗できますが、そうでない人は、もっと言いやすい対象を物色するか、ネガティブなことを打ち明けられる相手というのは、たいてい気安い人だったりするので、手っとり早くその人の綻《ほころ》びを見つけようとします。

これでは、自分の辛さは何もリカバーされていないわけですが、それでも、一瞬の後ろ向きな喜びを得ることはできます。ただ、これでは、批判が連鎖していくばかりです。自分が批判されるたびに、誰か仮の「駄目な人」を探さなくてはなりません。

「わたしが誰かに批判をされること」と「わたしが誰かを批判すること」は、一見個別の用件のようですが、奥底ではつながっている場合があります。このことに気が付かないと、自分が本当に遠ざけたいものが見えてこず、常に心に生傷を作りながら、自分と同じ傷口を他人に付けようと躍起になっているという不毛な状況に陥る可能性があります。

わたしがこの「負の連鎖」のようなものに目を向けたのは、スノーボードハーフパイプにおける、トリノ五輪とバンクーバー五輪の金メダリストであるショーン・ホワイトが、テレビのインタビューで、自分が飼っているフレンチ・ブルドッグについて、

「彼は僕をジャッジしないからね」と発言しているところを観ていた時のことです。英和辞典を改めて引いてみたところ、judgeは、動詞だと、裁く、評価する、非難する、などの意味があります。この文章における使い方だと、裁く、非難するがあてはまるでしょうか。

べつに、ショーン・ホワイトがくどくどしく、人を批判してはいけないと言ったということはないのですし、おそらく発言の意図と違う引用の仕方をしていることは承知ですが、わたしは、インタビューを観ながら、そうか、あの辛い行為はジャッジすると言えばいいのか、と考えたのでした。不毛な連鎖、という抽象的な説明を明快にする、「ジャッジし合う」という言葉を得たわけです。それ以来わたしは、日常において、自分がジャッジ行為であると見なした物事からは、できるだけ逃げるようにつとめています。端的に、ジャッジし合うのはいやだな、苦手だな、と思ったのです。

冒頭の状況に陥ることについて話を戻します。この場合、やるべき物事は、より批判しやすい他人を探すことではなく、自分を批判した相手は、なぜ自分を批判したのか、自分はどんな自分自身の情報において批判をされたのか、を少し考えてみることです。

人間の心は本当に複雑にできていますし、体調にも左右されますので、行動を起こした当人について想像してみると、いろいろなことに思い当たります。相手は、もしかしたら批判した対象の何らかの持ち物がうらやましかったのかもしれませんし、別の何かがうまくいかなくて機嫌が悪かったのかもしれませんし、また、誰かから批判を受けていて、そのはけ口を求めていたのかもしれません。問題は結局、批判の対象よりは批判する側にあったりするのです。

問題が判明しても、起こすべき行動が限られていることが人付き合いのやっかいなところではありますが、基本的には距離をとること、また、日常的に関わっていて、距離のとりにくい相手であれば、自分をあげつらってきそうな情報を与えないように気を付けることです。自分が投げつけられた言葉の残酷さを、そのまま他人に放流するのではなく、言葉そのものというよりは、シチュエーションとしてとらえ、それを避けるためにどう自衛をすればいいのか、について考えるほうが、物事は穏やかに進むのではないかと思います。

自分にだけは嘘をつかず、欠点を管理する

何年も生きていると、いろいろな自分の欠点が目についてくるものです。自分の体に関する、こんなところも疲れるようになった、こんなところにもシミができるようになった、というような、マイナスの発見の感覚にも似て、性格にも、あの程度のことで腹を立ててしまった、めんどくさがってしまった、というように、いろいろな軋みを発見します。

疲れるようになった、肌が荒れるようになった、という発見もいやなものですが、自分の性格の困ったところを見つけてしまうのも、同じようにいやなものです。性格に関する苦しさには、つける薬がほとんどないからとも言えます。また、心は見えないもので、理由がわからないのだが苦しい、ということがいくらでもあります。いや

いやながらも、どうして苦しいのか、について考え抜かないと、自分の中に潜む辛さの原因に気付くことはできません。もしくは、他人に自分の性格の悪いところを指摘してもらうことで、心の内部の問題に触れる機会ができるのですが、これは本当にしんどいことです。できれば、自分の性格の問題には、自分で気が付きたいものです。

じゃあどうすればいいのか、というと、いやというほど自分で自分を観察することぐらいが、取りうる手段なのではないでしょうか。自分自身を知るのに、日記をつけることは有効な手段だと思います。ただ、自分しか見ない、という前提が必要です。他人に見せてもいいということになると、ついつい「見せてもいい自分」についてしか書かなくなるかもしれないからです。日記とまではいかなくても、自分がいやな気持ちになった時や、いやなことを考えているなという時に、何を考えているのか、どうしてそんないやな奴になっているのか、ということを書き留めておいたりするのも悪くないと思います。わたしは、日記を毎日書けるほどまめではないので、辛い時、いやなことを考えている時は、ひたすらメモを取ります。そうやって吐き出しているうちに、ひどいことを書いているなあ、と苦笑いして、少し気楽になってしまったり、心の持ちようがだんだんわかってきたりすることがあるのです。

問題は、自分自身に対して、ある欠点は認めて、ある欠点は認めない、という、欠点に関してダブルスタンダードを採用している場合です。たとえば、自分には「そそっかしい」「妬み深い」という欠点があるとして、自分がそそっかしいことは知っており、他人にも明らかにできますが、妬み深いことには目をつむり、他人に対してはおろか、自分に対してまでなかったことにしてしまうような場合です。自分のそそっかしさを認めることによって、自分自身を知った気分になり、他の欠点についてはおろそかになってしまうわけです。これはとても危険です。「妬む」という心の動きはあるのに、それがどういうことなのかわからず、ただ苦しいというような状況に陥るわけですから。

誰にも、人には言いたくない自分の欠点はあると思います。だからこそその欠点は、自分には隠してはいけないものです。自分がそれを直視し、管理しなければ、やがてなかったことになり、知らない間に発露してしまうからです。自分の欠点を見つめることは苦しいですし、辛いことですが、自分は自分の相談相手でもあります。それも非常に厳しい、けれど、他人からよりは嫌われてよい相手です。自分自身に相談することは、他人にそうするより都合が良いのです。そういうくみしやすい相手である自分にこそ、欠点を隠さないのは、とても合理的なことではないかと思います。

他人を傷つけた上に、その人にダメ出しをされるのは本当に辛いものです。でも、自分で自分を厳しくチェックするのであれば、辛さはその何分の一かで済むでしょう。外に向けての、必要悪としての嘘は有効であっても、自分に対してつく嘘に、まず良いものはないと思います。

自分を幸福だと感じられる能力

自分で自分のことを幸せだと思えていますか。幸せという言葉が大仰なら、自分自身を肯定できていますか。

いきなり問いかけで始めてしまってすみません。最近、思い立ってあるワードの組み合わせでインターネット検索をかけてみて、さるフォーラムの、「幸せ自慢をしましょう」という主旨のスレッドを見かけて、あまりの興味深さに読み込んでしまったのでした。「幸せ」という言葉をここでは使っていますが、本当はもっと生々しい言葉です。呼びかけた本人は、夫の年収や自分の職業、子供の人数や性別、自分の家のある場所、容姿などについて綴り、それらがすべて世間的に高い水準にあるので、自分は「幸せ」だと思っている、とのことでした。へー、と思いました。わたしには夫はいないし、なのでもちろん子供はいないいし、夢見ていた職業に就いたものの、厳しさが日々身にしみていて、こんなことならいっそ……、と涙目で考えることもあるし、家はまぁ下町だし、見た目もまったく冴えません。その人から見たら、たぶんわたしは不幸と敗北の塊のはずなのですが、わたし自身は、自分のことを、「運が悪いな」とか、「どうしてこんなにうまくいかないんだろう」などとたまに思うことがあっても、「不幸」とはあまり思わないのです。

人間の外枠の充実度と、内側にある、自分を幸福だと感じられる能力。そのどちらに重きを置くかという議論は、絶対に噛み合わないし、終わりがないことは知っています。ただ、どちらがよりお手軽に満足できるかというと後者だということは、ある程度明らかになっていることと思われます。

もちろん、外側から見て、人からうらやまれる立場であることは、内側の幸福を感じる気持ちを補強すると思われますが、わたしが読んだスレッドを立てた人は、どうも自分で自分を肯定しているだけのことには飽き足らないようです。批判もややあって、その人が幸福であったかどうかは、どんな死を迎えるかでしか決まらない、と言っている人もいました（話がやや逸《そ》れますが、死に方を幸福の尺度に含める考えには、わたしは否定的です。人間には、天災が降り懸かることもあるし、事故に遭うことも病気が訪れることも選べないからです。苦しんで、もしくは一人で亡くなったら、その人は行いが悪かったからと言い切れるのでしょうか？）。

他人に自分の持っているものを見せて、ね、幸せそうでしょう？　と問いかける行為は、わたしが皆さんに「去年からラテンジャズを聴いているんだけど趣味がいいと思う？」と尋ねるような的外れさがあります。いろいろなものを持っている本人が幸せと感じているか、わたしがどのぐらいラテンジャズを気に入っているかについて、他人の立場から正確に推し量ることは不可能です。逆に、おそらく本人が知り抜いていることを、なんで他人に問いかけるんだろう？　という訝《いぶか》しささえあります。「ね？」と言われると、日本の大人はたいてい肯定してくれます。真実かどうかは置いておいて、よほどのことでなければその場をまるくおさめるのが、大人の基本的な対人スキルのひとつだからです。そこに真実は関係ありません。大事にされているのは場の空気です。そうして結局、問いかけは本人の心の中へと戻ってゆきます。

他人から見たその人の幸せは、相対的なものとしてしか計れず、見る人の数だけ変動します。しかし、自分が、自分自身の中で感じる幸福感は、絶対的なものです。幸せへの近道の第一段階は、他人を使わずに、自分で自分を肯定できることなのではないかとわたしは思います。

自分を幸福だと感じられる能力

倦怠感のためのリスト

かなり軽々しく、もうこれ以上学ぶことはないなあ、成長しないだろうなあ、などと思うほうです。会社で働いていた時に、いったい自分がどんな時にそういう気分になるのかについて計測したことがあります。だいたい九時半から十一時と、十四時半から十六時ぐらいまでの間に、いろいろな物事に対する意欲が損なわれて、そんなふうに後ろ向きになっていたようです。苦手な時間帯だということなのでしょう。

とはいえ、「今は自分が苦手な時間帯なのだ」と言うことが判明しても、なかなか「気分」からは逃れられないものです。空腹か眠気か疲労のどれかが原因の、一時的なものだと頭ではわかっていても、非常に苦しいものなのです。

ただ、「気分」は実情とは違っていたりもします。日々、知識は更新されるし、生活に関する知恵も完成することがありません。たとえば最近では、自転車のタイヤの空気を二週間に一回入れれば、かなり快適に運転ができると学習し、それを習慣にすることに成功しました。仕事の時に前髪を留めるヘアピンは、あまり使い古さないで次々使うと、どのピンがゆるいのか、固いのかで悩まなくなることに気が付きました。面倒で憂鬱だったムダ毛の処理は、三日に一回、入浴中にほんの数分を費やせば、そんなに手がかからないと自分に言い聞かせるようになりました。どれも小さなことですが、気付いたり習慣にする以前より、生活はらくになっているわけです。

これは、最初に書いた「もう学ぶことはない、成長しないかもしれない」という気持ちとは矛盾してもいます。自分の知識や知恵に対して限界を設けてしまうことは、生活することの奥深さへの驕《おご》りとも言えるでしょう。心は後ろ向きであっても、頭や体は、日々何かを学んだり、技術を更新しているわけです。

そのことに気付いてから、手帳に、自分が何に気が付いたかについてを記すようになりました。ほとんどは他愛のないことです。十五時にくたくたになるのは、三時間近くも何も食べていないわけだし、仕方のないことなのだ、とか、十六時にトイレで十分だけ寝たら、気分がおかしくなるぐらい体力が回復したような気がした、だとか。生活の中で出会う、幸せとは言わないまでも、ちょっとした成功体験のようなものを、忘れないで記録しておくわけです。それを、くじけそうな時、まさしく「もう成長しないのではないか」と投げやりになる時に見直すと、いや、まだまだ生きやすくなる余地はあるかもしれないよ、と少し前の自分に説得されているような気分になります。

それでも、どうしても浮かび上がることができない時があります。単なる気分だけではなく、人生という大きな視野に立った焦燥に駆られる場合です。たとえばおいしいものを食べている時、楽しく街歩きをしている時などには、そういう不安は頭をもたげることはありませんが、どうしてもふとしたときにこみあげて、考え込んで落ち込んでしまうことがあります。

その時は、やりたいけれどもまだやっていない、ちょっと手のかかることを、いくつか書き出してみることにしています。そのうちのどれかは、ほのかに輝いて見えるはずで、それがその時間を耐えうるものにさせるのです。それを実際にやれるかやれないかは置いておいて、やりたいことがある、ということを確認する行為が大切なのだと思います。

まだ挑戦の余地があるものを持っていられるということは、けっこう良いものです。うーんと言いながらできないことを書き出してみて、やっと、自分がまだ何も知らないことに気が付くのです。自分の小ささを知ることによって、生きることの倦怠から脱出できるなんて、心の動きは不思議だとつくづく思います。

すべてだめな時は、せめて休息を

この文章の連載中に、次から次へとトラブルに巻き込まれる月を過ごしたことがありました。会社の仕事、文筆の仕事、人間関係、家族関係、近隣との関係など、自分の生活における社会的なインターフェースのすべてに傷が付いたため、それらをいちどきに整理し、再構築しなければいけないという局面に立たされ、毎日へとへとになりながらも、家にすら帰りたくないというひどい日々が続いていました。後厄が終わりに近付いてきたと思ったら、まるで閉店セールのように悪いことを大放出されているような状態で、何もかも捨てて遠くに行けないかなあと、毎時間のように考えていました。

完全に疲れ果ててしまい、締め切りを延ばしてもらったりもしていたのですが、いっこうに物事が好転する気配もありませんでした。結局、仕方なく、その何も良くない、ごはんを食べるのも、誰かに愚痴を言うのもしんどい、という状態をいったん受け入れ、わたしはマッサージに行って肩を揉んでもらうことにしました。

三年ぶりぐらいにマッサージに行ってみて気付いたのは、施術中には何も考えないんだな、ということでした。疲れてたんだな、気持ちいいな、ちょっと痛いな、などと、非常に思考が原始的になり、悩んでいる状態が通常であったそれ以前と比べて、頭が軽くなっていました。といっても、お店から出たらまた悩み始めるので、すべてが解決というわけにはいかないのですが。

一つだけ確実に気が付いたことは、例えば来週の仕事が忙しすぎる、といったような状況については、仕事から離れている時に考えても仕方がない、ということでした。仕事をどう片付けていくかについては、出勤してから真剣に悩むしかないのです。文句しか出てこないことを、現場にいないであれこれ悩むのは、心の資源の無駄遣いにも思えました。その時間が仕事を離れているという状態なのであれば、そのことを思い切り満喫して、束の間でもらくにしていればよいのです。そのことによって、また仕事の現場に臨んだ時に、いくらかのエネルギーが温存されているかもしれません。

わたしが最初の会社にいた頃、退職の要因になった上司が、「あなたは出勤時に音楽を聴くのをやめて、出社してからどうするかについてのみ考えるべき」と指導してきたことがありました。これを一概に、間違いだと切って捨てるつもりはありませんが、このような、仕事の外にいる部下にまで仕事中のメンタリティを強いた上司が辞める原因になった社員は、わたし以外にも何人もいました。

確かに、言葉だけを取り出して眺めると、仕事への意欲を最大限に引き出そうとする、すばらしい指導のようにも思えます。しかし、人間が仕事に向かえる時間は限られていて、体にしろ心にしろ、休める時にしっかり休めないと、仕事のパフォーマンスにはつなげられません。きわめて普通のことではあると思うのですが、常に生活を有意義なものにしようとする態度や、仕事の抑圧の前では忘れられがちなことのように思えます。わたしは、自分は怠けた人間だし、意識しなくても勝手に休めているだろう、と適当に振舞っていたのですが、どうも少し違っていたようです。

また、諦めることも必要だな、とも思いました。変わらない物事は、どうしようもなく変わらないのですから、それの改善の余地についてあれこれ考えるよりは、諦めてその場その場で対応するしかないのです。そのことに耐えられなくなる時の訪れが、生活を変える指標になるのかもしれません。生活の路線変更は、とてもエネルギーの要ることです。自分を変えたいと思った時に、力を残していられるようになるためにも、とれるときに心身の休息をとることは大事なのではないかと思い至った日々でした。

すべてだめな時はせめて休息を

どん底からの回復の過程

前の項目の続きです。原稿を書いてから一ヶ月が経過しても、問題がすべて解決したということもなく、更に別のことにも巻き込まれたりしていたわたしなのですが、良くない状態は底を打った様子で、少しましになってきたようです。当時のことを思い出すと、本当に友人たちに助けられたなあと感謝の気持ちがこみ上げます。また、その他の会う人会う人に、今すごく辛いんですよー、と話を聞いてもらうために、なんとかおもしろおかしいトーンで説明しているうちに、いや、そこまで落ち込むことでもないだろう、と思えるようになってきた、ということもあるのかもしれません。

自分自身の心がけに関しては、結局、自律して与えられた仕事をこなしてゆくということに救われました。前回に書いたことは、どうせ何もかもだめならちゃんと休もう、ということでしたが、そうやって体を安定させたあとは、通常の文筆の仕事や、いろいろな意味で自信をなくさせられた会社の仕事を、それまで以上に集中して片付けるようにして、自分はまだやれるのだという感覚を取り戻してゆきました。

自分にはあらゆるものが足りないし、いい年なのに何も持てていないし、今までやってきたこと、築き上げてきたつもりのものを疑わざるをえなくなってしまった、という八方塞《ふさが》りに直面して、自分が最も「自律できていること」を求めていたのだということがよくわかりました。最も、という物言いが過大評価であっても、求めているもののうちの大きな一つを取り戻したということに変わりはありません。落胆とつらさのあまり、自堕落になっていたことが、いちばん自分を傷つけていたのでした。

ちなみに、どういうたぐいのつらさに降りかかられていたのかというと、大きな何かがあったというよりは、片付けても片付けても、トラブルや軋轢《あつれき》が判明することに失望していたのでした。仕事にも人間関係にも、自分はがんばってきたつもりだが、こういう仕打ちを受けなければいけないのか、という被害者意識でいっぱいで、無力感もひどいものがありました。

そんな状況でも、仕事はしなければいけないので、少しずつ工夫してやっているうちに、なんとか自信を回復させることができた、というのが今回のお話です。どういうことをしたかについて具体的に言うと、半分ぐらい駄目もとで、ここまでのことはこの期日までにはできない、と要求をしつつ（自分はあそこで押し切られて無理をしてしまった、というのちのちの自責を少しでも軽減するため）、仕事量の多さをチャレンジと解釈するようにして、作業ベースから時間ベースに、勤務時間の使い方を変更しました。それまでは、与えられた週間の予定に対して、一日にこれだけの量の仕事ができればOK、と考え、時間の区切りを、一つ一つの作業の終わりでつけていたのですが、そのやり方はやめて、ある時間からある時間までは、自分がどれだけの量をこなせているかは別にして、ひたすら仕事をする、という方法に切り替えたのでした。インターネットで見つけた、タイマーをかけて、その後少し休み、またタイマーをセットして仕事をする、という仕事術があるのですが、その中で、仕事をする、ということになったスパンの間は、効率のことは考えず、ただ手足を動かす、ということを実行するようにしました。

以前は、作業の成果を重んじ、非効率的なことを嫌って、次に何と何を同時にこなすと仕事が早く終わるか、についてばかり考えながら、そのわりに、長い時間気晴らしをしていたり、集中できずに、あれをやったりこれをやったり、ということが多かったのですが、それを、早くなくてもいいし小さいことからでいいから、ストレスを溜めず、継続して、ということに重点を置くようにしました。それで再び、今くただだから、とだらだらするのではなく、自律して仕事をするということができるようになりました。

仕事に限らずあらゆる物事に、それまで培ってきたやり方が突然通用しなくなる日がくるのかもしれません。その時は本当にショックで、さまざまなことを否定したくなるものではあるのですが、時にはそれを受け入れて、新しいやり方を模索すれば、なんとか自分で納得のいく程度のパフォーマンスを上げられるようになる、自信を回復することができるということを当時身を持って学んだように思います。

自分自身に「正直である」ということ

わたしは、他人の言うことを鵜呑《うの》みにするほうです。その人が、よほど虚栄心が強そうだとか、いい加減なことばかり言っているだとか、自分はうそつきだと普段から認めているなどでない限りは、基本的に人の言うことをそのままに受け取ります。それで、「言っていることとやっていることがまったく違う」という状況になった時になって初めて、おかしい、と思い始めます。そういう時はだいたい、物事はすでに手遅れという状況になっています。手遅れというのは、その時に「言っていることとやっていることがまったく違う」とわたしが指摘したところで、もう回復する見込みのない状況のことです。

わたしはおそらく鈍感な性質ですし、他の人の「言っていることとやっていることが違う」という行動様式を詮索している時間がありません。わたしに限らず、ほとんどの人にそんな余裕はないと思います。気が付いても、大人は表面上の優しさを持っているので、指摘はしません。だいたいは陰で、ちょっとおかしいかなあ、と控えめに言い合う程度です。「あなたは言っていることとやっていることが違う！」と指摘できる人は、怖いものを知らない怖い人か、物事を正すことにおいては人間関係に波風を立てることを恐れない正義漢です。どちらもあまり出会わないタイプです。つまり、自己申告の穴を正してもらえる確率は、あまり高くない、ということです。

口がうまい人というのはいます。きれいな言葉、切実な、人を信用させる言葉を上手に操る人のことです。「口がうまい」というと、たいてい他人に対する口のうまさ、詐欺的な才能を思い出しますけれども、自分自身を納得させる言葉の力を持っていることも、自分に対して「口がうまい」ということだと思います。というか、こんなことも持って回った言い方をしなくても、うそつきは常に自分のうそを信じきっているものなのかもしれません。だから、うそがうまいわけです。なぜなら本人は、自分の言うことを本当のことだと信じているから、他の人から見た、うそつきってこういう仕草をしますよ、などという注意事項が適用されないのです。

この場合、金銭が絡んだりするような犯罪的な状況でない限り、うそをチェックする人は誰もいないといっても良い状況になります。自分自身も騙されてしまうような言葉は、他人も容易に納得させてしまいます。疑り深い他人が現れても、やはりよほどのことがなければうそを正しもしません。自分自身にうそをついている人は、そのうそに騙されたまま、半永久的に、真実と向き合う機会を逃します。

観念的な話が長くなりましたが、要するに、自分自身が自分の責任において処理すべき難題Aがあるとしたら、何年もかけて難題Aを処理することもできるし、「Aはすでに解決済みである」と自分にうその宣言をすることもできるのだが、後者の手段をとり続けると、いつかその状況が破綻する日が来る、という話です。

自分自身に正直であれ、という言葉は、想像以上に奥が深いものだと思います。ばれないうそを、うそだとわかるのは自分自身だけです。だからこそ、自分を自分自身への絵になる言い訳を吐き出す機械にしてしまってはだめなのです。口がうまいのは、一つのすぐれた才能ではあるのですが、自分自身に対して口がうまくなるのは良くありません。また、表現者の言葉の中に、自分をうまく騙す言葉ばかりを探すのも良くないことです。

他人に対して口がうまいことは、落ち込んでいる誰かを救えるかもしれないし、会話を盛り上げるために助けてくれる技能となってくれるかもしれません。ですが、自分自身に対しては常に口下手なぐらいでいることを心がけたほうが良いように思います。自分自身への口のうまさは常に、問題を先延ばしにして肥大させる養分にしかならないわけですから。

「自分語り」で獲得する自己像のあいまいさ

わたしは本当にしゃべってばっかりのどうしようもない人間のはずなのですが、人の話を聞くことも実は好きなのです。要するに、会話をすることを好んでいます（一人でじっとしていることも好きですが）。

一口に話すと言っても、人はいろいろなことを話します。天気の話からテレビの話、政治や景気の話、最近できたケーキ屋の話、スポーツや映画の話、家族や恋人や友人の話、仕事の話など、その内容は多岐にわたっています。本音と建前、という言葉があるように、話題という横の広がりに対して、奥行きもあります。常に本音を話すから、彼または彼女が良い話し手である、ということはありません。身も蓋もない本音を、場や相手にかまわず漏らしては、そこにいる人をいやな気分にさせる人もいるし、建前の構築そのものに芸があり、もはや何を言っているかの本質はどうでもよく、会話という行為そのものに価値を見出させてくれる魅力的な話者もいます。

また会話には、口数という軸もあります。多く話すからその人が話し手として良い、ということはありません。少ない言葉で、それでも内容の濃い、興味深いことを話す人もいます。

つまり、本音か建前か、おしゃべりか無口かは、会話の快楽には意外と関係がない、ということが言えると思うのですが、はっきりと、自分はこの話は聞き流している、という種類の話題があって、それは「他人に自分をこう見て欲しい」というアピールを多分に含んだ、その人自身の話です。俗に言う、「自分語り」というたぐいのものです。「自分語り」という、揶揄するような表現が一般的である以上、この話を好まない人もたくさんいるものと思われます。

「その人自身の話」をするのは、まったくけっこうなことです。誰かに自分について説明してもらうことは、他者を知る最も大きな手段の一つですから。足し算にしろ、引き算にしろ、多少の脚色をする人もいるでしょうし、建前でも本音でも、その場が和んだり盛り上がったり、考えを融通し合えている雰囲気になればよいと思います。

辛いのは、自分が面接官にでもなったような気分になる場合です。自慢でも自虐でもなく、売り込みをかけてくるケースです。そういうやりとりは、相手と雇用関係を結びたいという状況でなくても生まれます。普通の就職面接ならば、相手の長所を聞き取って判断し、雇用するかしないかを決定しますが、フラットな人間関係の中での、「見せたい自分」の売り込みが要求しているものは、精神的な接待に他ありません。これは、就職の面接官が面接を仕事という心構えのもとに行うのとは違っていて、ごく普通の会話の中で不意に現れるものであるからこそ厄介です。それは、わかりやすいものでは、単なる世間話を、自分自身の人生哲学の話に摩《す》り替えたり、誰かの軽い一言を猛烈にたしなめることなどによって現れます。

ごくごく飾らない会話をしている和んだ場に、「自分をこのように見做《みな》してほしい」という願望を持ち込むことは、正直言って白けることだと思います。自分が自分の人生の主人公であることは当然として、売り込みをする人は、「あなたの物語においてわたしはこうこうこういう登場人物として描いてほしい」と要求するようなことをしているわけです。

会話をさりげなくせき止めて、自己像をばら撒くという行為は、野暮なことですし、他者がその人自身の物語に、誰をどう描くかは、その人自身の判断でしかありません。だからこそ人間は、親切な人だと思われたければ人に親切に、きれいな人だと思われたければ身ぎれいに、楽しい人だと思われたければ表情や声の調子に気を配ります。それらはけっこう手間のかかることです。ですが、その手間を惜しんで手に入れた評価なんて、とても儚《はかな》く忘れ去られやすいものであるように思えるのです。

他人に、「あなたの物語に自分を素敵な脇役として、なんだったらべつのすぐれた話の主人公として登場させろ」と要求するのは、到底無理な話です。到達したい美徳は心にしまって、努力を続ければ、おそらくはいつか報われるのではないかと思うのですが、それを待つ忍耐はそんなに得難いものでしょうか。

会話による心の負担を減らす

会話というものは、誰にでも簡単にできるもののようで、実は非常に難しいものです。自分が難しく考えすぎているのではないか、ともときどき思うのですが、自分自身のコミュニケーション能力や、会話における耐久力（個人的には、傷つきすぎないこと、言葉の裏を読みすぎないでいられること）は、明らかに小学一年ぐらいの時をピークに下り坂であるように思えます。とりあえず女の子となら（時には男の子でも）誰とでも友達になれる、と信じていたあの頃に戻りたい、と切に思うこともあります。

特に、傷つきすぎないことは大事です。要するに、神経質になりすぎない、というか、心に貼り付いた誰かの言葉に心を傾けすぎず、自分がその言葉にとらわれているのは、本能的にネガティブなことに注意を払おうとする脳の作用だ（愛読している「ライフハッカー日本版」によると、バックファイア効果というそうです）、と考えるようにすると、心の負担が少し減少するようになります。

そのようにして、ときどき付け焼刃の知識を得て、とりあえず、誰かと会話をすることに対するくよくよを、少しずつ取り除いていたのですが、どうもそれらだけでは説明できない会話における圧力もあるようだ、ということを、ある編集者さんにいただいた、中井久夫さんの手による『「つながり」の精神病理』（ちくま学芸文庫）という本で知りました。非常に興味深い本で、ここでは本当にごく一部のことしか取り上げられないことを遺憾に思うのですが、わたしが大変な実感を持った事例は、「high emotion-expressed family」という概念と、「相手を狂気に追いやる努力」という論文についての一節です。

この欄は書評ではないので、以下はわたしの言葉で説明させていただこうと思います。一つ目の「high emotion-expressed family」とは、感情丸出しの家族、と訳せるでしょう。思ったことをすべて口にするような家族です。言葉の一つ一つは無害なものです。たとえば、誰かが（たぶん子供が）家を出る支度をしているとすると、「どこへ行くの？」「おそくならないようにね」「その服装ではみっともないよ」「しゃんとしているんだよ」などと、以下えんえんと声をかけ続ける、といったような。文字に起こしてみるとすぐにわかることなのですが、これは辛いものだと思います。言葉をかけられた側が、まるで言葉の間でピンボールの玉のように右往左往させられている状態のようでもあります。この環境に置かれた人は、統合失調症の再発率が高いと本には書かれています。

「相手を狂気に追いやる努力」というのは、サールズというアメリカの精神分析医の論文で、人間を取り乱させる方法について説明されているようです。いくつかあるようなのですが、「同時に二つ以上の相反するチャンネルを使ってコミュニケートすること」のテクニカルな感じは置いておいて、頻繁なチャンネル変更も人をおかしくするそうです。チャンネルという言葉が使われているので思い浮かべたのが、目当ての番組もなくテレビを見ていて、何か興味を引く番組を探すために、選局のボタンの＋か－をだらだら押し続ける行為、すなわちザッピングです。一連の会話の中で、頻繁に相手への接し方や話題を変えることは、相手の心に対するザッピング行為だと言えるのではないでしょうか。

わたし自身に起こったことに関して申し上げると、たとえば、こちらが仕事の疲労について話をしている時に、「そういえばあなた太ったわよね」と突然言い出されたり、今は話はできない、とこちらが言うと、「それはどうしてか？　いつまた話ができるのか？　ああしたらどう？　こうしたらどう？」と言葉のつぶてを投げてこられるようなことがありました。そういう話し方で言葉を投げかけてくる人々は、いい人間だということは知っているけれども、どうも話していて疲れるなあ、と思うことがよくあったのでした。

これらはおそらく、ちゃんと説明するだとか、それとなくやめてくれと言うなどといった穏便な方法ではどうにもならないことでしょう。話し方というものは、びっくりするぐらいその人の人格に染み付いているものです。ですが、せめて知識として持っていれば、原因不明の疲弊と向き合うしんどさからは解放されていられると思います。そしてまた、自らにも、他人の心を言葉でかき回したり、ザッピングしないようにと戒めることもできます。「悪意はないので」という言葉は、自分を疑わないことによって他人を転ばせてしまう、罠のようなものなのかもしれません。

会話による心の負担を減らす

満員電車のゆううつ

会社員として通勤していた十年半の間、朝は八時台の満員電車に毎日乗っていました。朝のラッシュ時の電車の中のたった十数分で、一日に使える忍耐の約半分は消費している、と言っても過言ではないぐらい、通勤は、辛く、厳しく、不快なことが多いものです。わたしは、毎日毎日、会社に行きたくないなあ、と考えていたのですが、それは、会社がいやなのではなく、とにかく通勤がいやだったからなのではないか、とすら思えます。事実、会社に辿り着くと、たとえばデスクの上に昨日退社してから持ち込まれた仕事が山積みになっているだとか、突然捕まえられて期限の早い仕事を言い渡されたりする、だとかいうことさえなければ、とてもほっとして仕事にかかり始めていました。

とはいえ、満員電車の中では、常に不快なことがある、というわけでもありません。ただもう、満員であることが辛い、というだけに過ぎない日々が大半を占めます。しかしときどき、ちょっとびっくりするようなことに出くわします。かばんで殴りあいながら電車を降りてくる、おそらく電車の中で居合わせただけの男女、本のページをめくるために、ほんの一瞬手を放した隙に、背後から吊り革を奪う若い男性、席を譲る、譲らないで言い争いをはじめる初老の男性と年老いた男性、混んだ車内で、腕輪のように二つの吊り革に両手を通して指を組んで悪びれない顔をしている女性、などなど、その様態と年齢性別は多岐にわたります。いちいち腹を立てるのも疲れるだけだ、と十年半の間に学びましたので、何か納得のいかないことがあったら、しぶしぶですが観察することにしていました。

ある日、とても苦々しげな、怒っている女性を見かけました。左隣に立っていた女性で、わたしより十歳前後年上という様子でした。女性は、わたしにものすごく怒っていたようでした。わたしが左手で吊り革を持つから、右手で吊り革を持つ女性の肘がこすれ合って非常に不愉快なようで、何度か咳払いをしながら体をよじっていました。

ですが、言い訳をさせていただくと、わたしが左手でしか吊り革を持つことができなかったのは、その女性の体が、あまりにも女性の側から見て右側である、つまり、わたしの側に寄ってきているからでして、肘がこすれるからといって、わたしも右手で吊り革を持つことはできませんでした。その状況で、肘が当たらないように、わたしが右手で吊り革を持つということは、女性の背中にほとんど覆いかぶさって吊り革を持つ、ということを意味しました。それならば、女性はその状況よりもっと不快だったでしょう。ちなみに、女性の左側の吊り革は空いていましたが、女性は詰めませんでした。あくまで、自分が決めた、わたしが持つ吊り革と、自分が持っている吊り革の真ん中の位置に立ち続けていました。電車は混んでいたので、女性の一つ向こうの空いている吊り革につかまろうにも、わたしの位置からは無理でした。

わたしは、最初は腹を立てていたのですが、だんだん悲しくなってきて、しまいにその女性が哀れになってきました。女性が、自分でどうとでもできるのに、どうにもせずにただ苛立ち続けていたことにです。非常に不自由に見えました。解決可能な出来事を前に、ただいらいらして咳払いをするだけで、少しも自分でなんとかしようとしないのです。咳払いをしていやな顔をすれば、わたしが去ると思っていたようです。満員電車の中に、わたしが後退する場所なんてあるわけがないにもかかわらず。

わたしは実際、その場から去ることはできませんでしたし、そのスペースがあっても、快く動く気分にはなれなかったでしょう。ただ、嫌そうに睨むだけでは、人を動かすことはできません。こんなささいなことでさえ、他人は変えられない、という事実を、女性は感じていたでしょうか？　彼女は、もっと困難な状況で、誰かを動かさねばならない時に、いったいどんな態度を取るのでしょうか？　女性はもう、そんなことなど忘れているだろうけれども、わたしはせめて、自分の判断で変えられる小さなことを探して、少しずつ修正していこう、とその時こっそり思いました。

一人で乗り越えること、誰かに救われること

常に落ち込んでいる様子のわたしなのですが、前項の原稿を書いてからこの原稿を書くまでも、相変わらずいろいろなことがありました。それでも忙しいのは忙しいますし、こなさなければいけない仕事は持っています。それも、ただこなせば良くなるというものではなく、その完成度に関しては不確かで、気に病むところでありま す。病気じゃないだけで、体調が良いわけでもありません。そういえば、人生で初めて、これはＰＭＳ（月経前症候群）ではないかという症状に見舞われて、ちょっとびっくりするような恐慌状態にも陥りました。神経性胃炎の薬も買ってしまいました。そんなふうに、いつものように、というか、いつもより更におたおたしていたのですが、友人と関わる機会もとても多くて、それに救われた日々でもありました。

小説の感想のメールをくれた友人がいました。出版から半年が経過した本についてです。よく飲み会に呼んでくれる高校時代の友人です。小説の内容が、家族についてのものだったので、彼女のメールの内容も家族についてでした。詳しい内容についてはここでは語りませんが、わたしの書いたことが、少しは助けになったようでした。わたしは、その小説のおもしろさについては、自分が書いたことながら、通常以上に疑問符を付けるところがあったのですが、彼女が書き送ってくれたことを読んで、自分の書いたことは無駄ではなかった、と思うことができるようになりました。そのことについて話した別の友人は、「とてもほっこりした」と言っていました。小説の感想をくれた友人と、率直なやり取りができたことや、小説が誰かにちゃんと届いていて良かった、ということについて少し話しました。

また別の友人が、自転車の走行イベントにエントリーすることになり、それを観に行きました。琵琶湖を一周するという、とても厳しいものでしたが、ゴール後に会いに行った友人はとても元気で、観に来てくれてありがとう！　と言ってくれました。

べつにわたしはなにもしていないのですが。

さらにまた別の友人が、それについてきてくれました。朝早くから滋賀に出かけて、長時間立ちっぱなしだったり、わたしの段取りの悪さで移動に時間が掛かってしまったりしていたのですが、文句一つ言わずに、いろいろな話をしながら付き合ってくれました。

その次の日は、スペインから一時帰国していた友人と会いました。中学でクラスが同じだった人なのですが、当時は少し距離感があって、大人になってから仲が良くなった人です。体育会系で、わたしとはほとんど共通点がない彼女と話すことはものすごくおもしろいですし、スペイン人の旦那さんとスペイン語でスムーズに会話する様子には毎度大変に感心します。彼女のお父さんは、わたしの高校の先生で、その縁があって彼女と付き合うようになりました。わたしは、過去に自分の社会科の先生であった人を、今は友人のお父さんとして話をするようになったわけですが、このことも興味深く感じます。定年を迎えた友人のお父さんは、今はよく一人で旅行に行っていて、インドのベナレスを訪れることを勧められました。

いつもの不調の、もっと影の濃いようなものに付きまとわれながら、本当にたくさんの話をした一ヶ月でした。歩き疲れて、しゃべり疲れて、ものすごく楽しかったけれども、家に帰って一人で布団の上に座れることを、ありがたく思った日もありました。苦しいながらも、誰かといることにも、一人でいることにも幸福がある、と思えた日々でした。

わたしたちは、常に密着しあっているわけではなく、それぞれに普段のさびしいことや辛いことをこなして、その上で、以前に「また会おう」と言い合った誰かと会っています。そこでは常に完全な理解があるわけではなく、意見が食い違ったり、よりストレスを抱えたりすることもあります。それでもまだ、その先には猶予があって、時間の経過とともに、違和感が癒えて元通りになることもあります。人間同士のことなので保証はできませんが、ずっと付き合っていける人ならば、時間を置けばたいていはましになっています。ゆるやかなつながりの中で話をして励ましあって、それからまたそれぞれの持ち場に戻るということ。それは、想像以上に人に元気を与えてくれることですし、拠り所にもなってくれます。

一人で乗り越える辛いことと、誰かといて楽しいことは、常にバランスの上に成り立っています。それを良い方向に調整するものは、苦しい日々の中から培われる実直さなのではないかと思いました。寄りかかろうとしなければ、人と人とはまた会えるのではないか、といつもよりよく考えた一ヶ月間でした。

手書きによる心の保存方法

文具はずっと人間に好かれてきたものなのですが、ここ数年、「とても好きだ」と表明する人が増えてきているように感じます。文具だけを特集した本なども多数出版され、人がそれぞれにさまざまな思い入れを持って文具に接している様子がうかがえます。ペンに肩入れする人、手帳が好きな人、ふせんが欠かせない人、クリップを上手に使える人など、文具文化の隆盛には、地に足が着いていてクリエイティブな感触を持っています。わたしは、それほど文具に詳しいというわけではなく、一定の日常的な筆記用具以外には強いこだわりはないのですが、それでも良い趣味だと思います。

わたし自身はもともと、どの職場でも文具に接することが多い仕事だったので、使いやすいもの、手になじみやすそうなものを自然と探すようになりました。また、小説を書くことの下準備に、メモをたくさん取るので、裏紙で心理的な抵抗をもたずに何でも書けるメモ帳を作ったり、手が疲れないペンや万年筆を探すことも、近年多くなりました。小学生から大学生ぐらいまでは、ノートをたくさん集めていました。良いものを、というよりは、ただ安くて少しでもデザインが変わったものや気に入ったものがあると購入してストックしておくのです。「何も書かれていない」がゆえに、それらには無限の可能性があるような気がして、三十代後半になっても、まだ小学生の時に買ったノートを在庫として持っていたりもします。

ノートの効用は、他に、おおむね私的なものであるという特徴に関するものがあると思います。インターネットを介して、これだけ感じたことや見聞きしたことを簡単に発信できる状態の世の中において、ノートや手帳に書かれていることは、ますます私的なことが増えているのではないでしょうか。いやいや、自分は公開するために手書きのノートを記しているんだよ、という人もいるかもしれませんが、すべてのページを見せるためのものとしている人もいないでしょう。ノートはどちらかというと、胸の内に属するものであると思います。

それである時期から、手書きツイッターというものを、勝手に始めてみました。誰にも見せないことが前提です。あまりにも心配なことが多かったり、際限のない不安に苛まれていた時期があって、人にうまく説明することもできなかったものですから、仕方なく、しんどくなったら一日に何度でも書きなさい、ということで、ノートに自分の感情の推移を書き留め始めました。たとえば、ある日不安に襲われた物事について書き、それから少し経って、その時の不安についてどう感じるのか、ということを書き記すのです。そうすると、その「ある日の不安」が、日が経つにつれてどうでもよくなってきている事実が可視化されます。そうすることによって、「不安に襲われることがあっても、そのうちどうでもよくなる」ということがわかってきます。

不安や心配が遠のいた後も習慣は続いて、今は自分の思うことだけではなく、ニュースで見かけた気になるキーワードについてや、ごはんの感想や、食べたいと思ったインスタントラーメンの銘柄や、そのとき見ていたテレビの感想など、なんでも書いています。メモの役割もあるのですが、単に字を書きたいため、という理由もあります。ボールペンで書いていた頃よりも、児童用万年筆で書くようになってからの方が、ノートを開く頻度が上がりました。この文章の元となるメモも、そのノートに書いたものです。改めて、日々の考えで記憶していることは少ないなあ、と感じ入る次第です。また、生活していることの実感も湧いてきます。

ノートは胸の内に属するもの、と書きました。胸の内も外も、その人自身であることは確かですが、「公開するための人生の部分」以上に、「公開しない人生の部分」に手をかけ、大切に持っていることが、自分自身の不安や虚しさに飲み込まれないためには必要なのではないでしょうか。誰に言葉をかけられなくても、また、いつかは言葉をかけられるはず、という期待にすがらなくても、自分で自分の願望や平穏さの傾向を観察して、ましな方に心持ちを向けられるということ。文具ブームがその精神を表しているとは言いませんが、今一度、人がなぜノートに惹かれるのかについて再考しても良いと思います。「言わない」という心の保存方法もあります。拠り所や評価を外にばかり求めて、精神的な酸欠状態になるよりは、立ち止まって深呼吸すれば、壁は徐々に消えていくかもしれません。

「おなじみ」の問題に安住しない

すべてに対して神経質というわけではないのですが、ある特定の物事にとらわれやすい方です。いろいろなことが気になります。自転車置き場のおじさんがどうしてよく持ち場にいないのかということや、誰かがたまたまつっかかるような物言いをしてきたこと、飲食店でしゃべりすぎてしまった時の恥ずかしさや、理不尽な行列に並ばされたこと、十数年も前の出来事に対して、ああしていればよかった、と悔やむなど、気になると眠れません。なのに、注文した家具を組み立てずに放置していたり、枕元に読み終わっていない本を何冊も積み上げていたりします。どちらかというと、後者の方が処理しなければいけない問題です。

良くないのは、前者に挙げたような物事が、わたしの中でおなじみのものになっているということです。人間の行動を決定するかなりの部分を支配している要素は、倫理や欲望という以上に「慣れ」であると思います。要するに「おなじみ」という尺度なのです。害悪というほど悪いことでもない気もしますが、時に、その人を苦しめたり、本当にやるべきことから引き離したりします。深刻な話にたとえると、親から冷たくされて育った女性は、同じように、自分を粗末に扱う男性に安心感を覚えたりすることもあるそうです。大事にしてくれる人は「おなじみ」ではない、という認識です。服選びとも似ているかもしれません。新たに、いいなあ、着たいなあ、と思える色や柄があっても、ついつい昨日まで着ていた色に執着してしまうというような。

いつまでもしがみついている問題が、その人を不自由にしていたり、適切なことに割くべきエネルギーを吸収したりしています。人は意外と、もう解決してしまったことや、自分とはまったく関係のないことや、ふとした不快さに精神力を割こうとします。いつまでもいつまでも、その問題について考え、語ろうとするようなところがあります。その場合、改善をすることが目的ではなく、「語り続けること」が目的化してしまっているのです。問題のおなじみさに安住している状態です。

そのわりに、どうでもよくない物事を放置してしまったりもします。どうでもいいなじんだ問題と、どうでもよくないなじみのない問題が目の前にあった場合、なぜか、前者に触っていることを選んでしまう人がいます（わたしにもその傾向があります）。本当は後者にかまわなければいけないにもかかわらず。というか、後者の困難さの気晴らしを前者で果たしているのかもしれません。

それも合理的な気持ちではあります。しかしやはり、どうでもいいいやなことは手放して、どうでもよくないいやなことには、覚悟して少しずつ当たるのがまっとうな道です。特に後者が、がんばれば変えられる物事である場合は。口で言うだけなら簡単で、とても険しいことですが、誰だって頭ではそう考えていると思うのです。

まずは、問題を仕分けることを心がけられたら、と思います。一に、これはどうでもいいけどおなじみになってしまった問題、二に、これはなじみがないけれども難しく、でも少しずつやればなんとかなりそうな問題、そして三に、自分には手に負えない問題、と。一つ目を手放して、二つ目の物事に取り掛かるのです。そうしているうちに、三つ目を解消する糸口が、少しずつ見えてくるかもしれません。

仕事をしていると、物事の一番高いハードルは、それを始められるか始められないかという入り口に設定されていて、それさえ越えれば、少しずつ小分けにして進めていけるようになるのではないかとつくづく考えます。物事が進んでいる実感があれば、達成感も得られるし、それが手になじんでくる感触も得られます。そのためにまずは、おなじみの不快さを物理的に手放して、一週間ぐらい放置してみると良いかもしれません。それができたら、自分に対する実績になります。きっと、なんであんなことにこだわっていたのか、と不思議に思うようなこともあるでしょう。そうでなくても、少し離れてみることによって、自分が問題に依存していた状況を不自然に思えてくるかもしれません。

心の動きは、自由で気まぐれなようでいて、実は厳格に「時間」と「癖」によって支配されているように思えます。「時間」は人を問題から徐々に引き離しますが、「癖」のついた心は問題を摑んで抱え込もうとします。なのでときどきは、時間が過ぎることのありがたさに心を投げ渡しても良いのでしょう。「癖」は単なる癖であって、意思ではないのです。

自己満足の効用

自分が生活の中でやっているいろいろなことの中でいちばんましなことは、洗濯のような気がする、と友人に話したことがあります。週に一度、自分の溜めたものをまとめて洗濯します。洗いからすすぎまでは全部自動でやってくれるとはいえ、乾燥機がないので、干すのは少し手間です。ですが、一度汚した服が清潔になった、という実感は、新しい服を買う時以上のものだとも思う時があります。この服は難しそうだけれども、ネットに入れたら他のものと一緒くたに洗濯できるだろう、などと思いながら服を買ったりとか、ニットのカーディガンを夏のうちにまとめて洗っておこうと思案したりだとか、この洗剤がおもしろそうなので、次はこれにしよう、と売り場で考えたりだとか、洗濯にまつわるいろいろも、ひとつの趣味にできるぐらい奥が深いものです。

たぶんわたしは、このことを、大きな話題として、自分から提示したことはないと思います。会話の中でふと思い出した時にしか話しません。とても小さいことですし、洗濯程度のことでねえ、と思われる方もいらっしゃるでしょう。でもそれでいいのです。わたし一人が、洗濯をして気持ちがいいなあ、と密かに思っていればいいのです。いい趣味ですね、とも言われなくていいし、つまらないことをおもしろがって、と言われたくもありません。

日常のどうでもいい場面でも他人を打ち負かさずにはいられない人がいます。そういう人は適当にいなしておけばいいのですが、ときどき深追いしてきて、こちらから精神的な何かを奪わずにはいられない様相を呈している時があります。ゲームとしてならば、今日は負けず嫌いの相手をする気力がないと思えば、疲れているだとかいろいろ理由をつけて避けることもできますし、仕事の内容を競ってくる人なら、ちょっと乗ってみてもいいでしょう。たとえ負けてしまっても、それで自分の技能が少し上がるかもしれません。始末におえないのは、簡単な雑談の中で、相手をねじ伏せようとしてくる人です。相手はただ熱くなっているのかもしれませんが、もしかしたら、そういう上下関係を作る会話の仕方しか知らない人の可能性もあります。普段は普通の会話をしている人でも、ところどころ、相手と何か競うようなところを見せてこちらを疲れさせることがあります。

このことと冒頭の洗濯の話とは一見関係なさそうなのですが、実は、競わないことと競うことという表裏の関係にあります。その二つを隔てているのは、自己満足なのではないかとわたしは思います。手っ取り早く、洗濯という行為には満足感があるよ！　と言いたいわけではなくて、日常における、「うまくできたなあ」とか「今の自分はやれている」とか「これはおもしろい」という感覚をじっくり養うことには、他人と競わずに済む、というような効果があるような気がするのです。自己満足、という言葉は、あまり良くない言葉のように扱われますが、人に評価を強要せず、自分一人だけが味わうものであれば、特に害はないし、日々の力になってくれるものです。生活しているということの細部は決して捨てたものではないし、そこから喜びを受け取ることは一種の能力です。それも、特に天性のものというわけでもなく、日常の何気ない行いの中で、「気持ちいいなあ」だとか「すっきりした」という感覚が訪れた時、それに耳を澄まして、覚えておけば良いのです。私も、最初は洗濯を嫌々やっていましたし。

また、「負けていいこと」と「これは生半可に負けてはいけない」ということは分けるべきだと思います。何事も他人と比べて負けたくないという人はいると思いますし、それで自分自身が高められるのなら悪くないでしょうが、いろいろなことをできようとしすぎて器用貧乏になるだとか、負けるたびに心労を感じるだとかといったことがあるのは良いことではありません。そんなことよりは、「これをやらせたら私はいちばんかもな」と思えることひとつ持って、町内一を目指すレベルから磨いていくことのほうが、心の充足につながると思います。

競わないでいられることもひとつの能力です。わたしがいくら洗濯が好きだからって、「誰々よりうまく洗濯をした」という証明が欲しいわけではありませんし、柔軟剤の銘柄を競ったりする必要もありません。それでももし、洗濯自慢をする人に出会ってしまったらどうしましょうか？　まずはそのやり方を聞いて、いいところがあったら素直に取り入れ、少しもよくなかったなら、笑って天気と目の前の料理の話題に変えて、今日は観たいテレビがあるからと早めに席を外し、帰りの電車で肩をすくめ、家に帰ったら好きな柔軟剤で洗ったタオルの匂いでも嗅ぐでしょう。

まじめはみじめか？

わたしはまったくまじめな人間ではなく、隙あらばごろごろして、レコーダーに録り貯めた番組をいつ消化しようか、それをダビングすべきか、とか、今日食べたキムチ鍋はほんとうにおいしかった、また明日も食べたい、というようなことばかり考えているのですが、ときどき、「まじめですね」と言われます。わたし自身は、まじめに見せるということがあまり努力を必要とせず、才能に至ってはまったくいらないことを知っているので、特に誉められた気分にもならないのですが、よし、うまくまじめなふりができているな、と安堵することがあります。

どうして不まじめなのにまじめなふりをするのでしょうか？　それは、不まじめなままでは不便だということを知っているからです。本当にレコーダーのことやキムチ鍋のことばかり考えて、働かなかったり家事をせずにいると、レコーダーが故障しても買い換えることができないし、録画すべき番組を放送してくれるＢＳの局と契約もできません。ごろごろする寝床も汚くなっていくし、できたてのおいしい鍋を安く食べようと思ったら家で作るに越したことはないのです。言うなれば、不まじめを満喫するために、しかたなく、ときどきまじめになるのです。

余談ですが、中学生の時は、制服を改造したり、先生に逆らったり、隠れて煙草を吸ったりする同級生のことを、まじめだなあ、と思っていました。なぜなら、どれもかなりのエネルギーを必要とすることだからです。制服をいじくるよりは、そのままを着ている方がらくだし、先生の言うことは話半分で、煙草を吸う場所を探すのはめんどうに思えました。なので何もしませんでした。遅刻するとうるさく言われるので、いつもギリギリに学校に行っていました。わたしからしたら、不良と言われる人々は、学校が望むのとは違う方向にきわめてまじめでした。不まじめでめんどうを避ける人間だからこそ、わたしは何もせず、適当にルールを守り、いわば、仮面まじめのようなステータスを生きていました。まじめなふりをすることは、ある種のエネルギーの節約でした。

ときどき、仕事でも人間関係でも、勘だけで要領よくこなしている人を見ると、まじめなのって泥臭くてみじめだわ、と思うこともありましたが、今はほとんどそう思うことはありません。勘と要領頼みでは、いくつになっても基礎が身に付かないということがなんとなくわかってきたからです。まじめは不器用にも通じるものがあると考えられるのですが、不器用な人が何かにとりかかる時は、不器用さを補うため、説明をよく聞いて、考え考え物事を進めていかなくてはなりません。ですが、何度もその工程を繰り返しているうちに、少しずつ、初歩的なことに慣れてきます。更にしばらくこつこつしていると、中の下、いや、中の中ぐらいのことはこなせるようになります。ここで大事なのは、そうやって身に付けた技能もあるのですが、それ以上に、まじめに振る舞う、ということを習慣の一つに加えられることであると思います。今まで、アルバイトを含めて、いくつか仕事をしてきたのですが、いい年をして、人への接し方も仕事も基礎を身に付けないまま、なんとなくその場限りの対人操作や見栄えのこしらえ方だけで乗り切ってきた人もけっこう見かけました。そういう人は、今考えると、何か「その場」重視で、土台を作れず、地に足が着かず、苦しそうだったように思えます。少なくとも今のわたしは、どれだけ口がうまくても、そういう人たちをうらやましいとは思えません。

まじめであることは、とても簡単な保身の一つです。まじめにしていたらそんなに怒られないし、まじめなふりをし続けているうちに、仕事は進みます。また、人が社会に出ていく上で被るいろいろな仮面の中でも、もっとも容易に被れる仮面です。どうせ素のままで通用する人なんて世の中にはいません。ならば、手練手管で自らの自然体を捩《ね》じ込むよりは、仮面まじめでいたほうが逆に気楽でいられると言えるでしょう。そして義務から解放された後は思い切り、なまけものになればいいのです。

衝動と願望の区別

時間には限りがあるので、やりたいことはすべて早めにやっておいたほうが良い、と考えます。「やりたいこと」は、海外旅行に行きたい、といった大きなことから、明日うどんが食べたい、などという簡単なことまで多岐にわたっています。人は、そういった大小のやりたいことを、その場その場で適切に優先させながら、「やりたくないこと」にまみれる日々を換気し、やりすごしています。

基本的にわたしも、身近な「やりたいこと」を日々おこなっていると思うのですが、「今誰かにメールをして、今日腹が立った人の文句を言いたい」という短期的な気持ちと、「ずっと読みたかった分厚い本を読みたい」というような長期的な目標のようなものをごちゃまぜにしていないか、ということについて、最近よく考えます。それらは、ある視点からではごちゃまぜにして、等価に扱っていいものでもあるのですが、短期的な「やりたいこと」と長期的な「やりたいこと」のさじ加減を間違えると、達成できないこともあるし、適当なところで仕分けないと、「本当にやりたいことがやれていない」という辛い感情が小銭のように溜まってゆく可能性もある状態であると言えます。

まず、いろいろな「〜したい」という感情の中で、短期的なものを衝動、長期的なものを願望、としてみましょう。短期的な衝動を満たすことは、簡単に満杯になるけれども、すぐに干上がってしまう小さな器に構う行為、長期的な願望に向かって踏み出すことは、なかなか満足のいく水位にはならないけれども、着実に水を溜められる瓶に少しずつ水を注してゆく行為にたとえられるように思います。

こう書くと、まるで短期的な衝動に関わることは、徒労感ばかりのつまらないことのように思われますが、もちろん、短期的な衝動を優先させたほうがいい場合もあるでしょう。気分を変えたいからカーテンを取り替えるとか、髪を切るだとか、トマトソースのストックを作るだとか。どちらかというと、大きめの動作と結果が伴うものの方が良いと思います。厄介なのは、実は、ちょっとした感情のやりとりや、比較的小さな動作で済むもの、要するにきわめて手軽なものです。これらは、すぐに満たされてしまう分、満たす端から器が干上がっていき、そのたびに乾いて、また次の満たすための行為を探す破目になってしまいます。

ちなみに、わたしにはけっこう短気なところがあって、すぐに人に腹を立てたりします。家にやってきて要領を得ない話で時間を奪おうとするセールスや、失礼な感じで道を訊いてきた人や、余計な薀蓄を言ってサービスが達成できないかもしれないと予防線を張る窓口業務の人などに、わりとすぐに怒ります。以前はそのたびに、文句を分かち合う相手を探していたのですが、この数年はもうやらなくなりました。それはそれでストレスを増幅させるからです。また、インターネットで検索をするのも好きで、ほとんど「好き」どころか、何か微かにでも知りたいと思うことがあればすぐにスマートフォンに手をかけていたのですが、それもきりがないし、目が疲れるし、調べたことはかたっぱしから忘れるしで、調べることはもう少し慎重に選ぼうと思うようになりました。その代わりに、趣味の手芸をしたり、語学の独習をしたり（ものになりませんが）、本を読んだりしたいのです。

それで、文句が言いたいとか、検索がしたいといった衝動に駆られるたびに、おお、来た来た、とその存在を認識して、少しの間だけ我慢するようになりました。本当に、五分とか、そのぐらいの短い間です。するとそういった衝動が、自然と自分の中から出ていくことに気が付いたのでした。衝動は、とても力の強いものなのですが、実は長続きしないものなのです。反対に、願望というものは、どっと襲ってくるものではないものの、常々ほそぼそと考えていることである分、目減りもしにくいし、いつ手を付けても心が満たされるものです。その証拠と言ってはなんですが、先週三時間かけて気ままに調べていたことについては、その元のキーワードすら忘れてしまっていますが、語学の独習は八年以上、手芸は十年以上の長い趣味になっていて、特に飽きる様子もありません。

人は本当にたくさんの「やりたいこと」を持っています。それはまず、実現可能なものと不可能なものに選別され、可能なものの中で、手軽なものと難しいものに分けられると思うのですが、手軽なものだけを優先させて心を満たすことには限界があります。それよりは、「難しいけど（手がかかるけど）やりたいこと」を信じられればと思います。それは、「手軽じゃないけどやりたいな」と自分の心が困難を承知で向いた、大切な方向なのです。

自分と他人の区別

人は人、自分は自分と言われて育ちました。よそはよそ、うちはうち、とも言います。父親が浪費したりまずい投資をして財産を失ったり、その後両親が離婚して、母親の実家には戻れたものの、特に裕福とは言えない状況にあったからかもしれないし、母親も祖父母も、便宜上ではなく、本当にそういう考え方が大切だと思って生きてきた人たちだからなのかもしれません。その考え方は、どうしてか自分に強く伝わり、三十代半ばの今になって、以前よりも強く認識するようになりました。

たとえば、「お母さん、何とかさんはお年玉に×万円もらったそうなんやけどわたしも欲しい」だとか、「遊園地に行ったそうなんやけどわたしも行きたい」だとか、そういう話を持ちかけた時に、「よそはよそ、うちはうち」とぴしゃりと言われたものです。わたしは、でもさ、と山ほど生意気な反論したとは思いますが、最後には引き下がっていたような気がします。とはいえ、母親と祖父母は、わたしや弟が不満を感じ過ぎていじけてしまわない一線をちゃんと見極めていて、要所要所で、ゲーム機を買ってくれたり、制度を利用して旅行に連れて行ってくれたりと、工夫して扱ってくれました。

また、「よそはよそ、うちはうち」なので、他の子ができることをわたしができなくても、特に何も言われませんでした。母親は、離婚後の生活を落ち着けるのに忙しくて、そんな暇もなかったのかもしれませんが「何とかさんはあれができる」とか「あの子はああしてくれるのにあんたはどうなの？」と言われたことは一度もありませんでした。勉強については、いろいろ心配して、塾に入れられたりしましたが、「できない」ということで怒られたことはなかったと思います。

あらゆることにおいて「人は人、自分は自分」だったのです。わたしは、こういうふうに教えられて育ったことを、今になってとても感謝しているし、人と関わっていく上で大事な考え方だと痛感します。人間同士が関係する上でのさまざまな軋轢《あつれき》の源流には、「自他の区別が付けられない」という、重くて毒を持った石が横たわってい る様子が、年齢を経るごとに見えてくるのです。家でも学校でも会社でも、他のサークルの中でも、誰かが誰かに何かを強要して傷付けることの根底には、この区別の付けられなさが存在しています。「どうしておまえは私の言う通りにならないのだ？」という、非常に一般的な不満は、この区別の付けられなさに属します。苦しい不満です。交渉もせずに一方的に押し付けるだけで他人を変えるのは、不可能に近いですから。そして本当は、本当に相手に変わって欲しいのかも、わかっていないのですから。

自分は他人に何でも言っていい、と思っている人が、世の中には一定数います。相手に対して不快だと思ったこと、納得できないことをそのまま口にして、相手の非を咎める形で相手を変えようとする人です。感じたことをそのまま言うのは、特に悪いことでもないのですが、困るのは、相手の悪いところを指摘したり、否定して変われと言うことを、一つの踏み込んだフランクなコミュニケーションととらえているところです。ほとんどの人なら、嫌いな人、納得のいかないことをしている人は遠ざけようとします。さっさと忘れて、目に入る範囲から立ち去ろうとするのですが、嫌いな人、気に入らない人であればあるほど、深く関わってこようとするタイプの人がいます。そういう人はたいてい、こちらをひどく非難して辟易させておいて、こちらがさっと目の前で気持ちのシャッターを下ろすと、さびしい一人遊びの下手な子供のようにまとわりついてきます。否定か取り込みかと距離が伸び縮みし、懐《ふところ》にもぐりこもうとばかりしてきます。そして、時間や、こちらの自尊心の欠片といったものを奪って持ち帰ります。

どうしてそんなことをするのか？　わたしはそういうタイプではないので、ちゃんとした理由はわからないのですが、「自分は思うことを何でも言っていい」という考え方の背景には、自分と他人の自我の区別があやふやであることが考えられると思います。自分と他人が、水平に、別々に存在している、という見え方ではなく、近付きたい相手を「自分に属したかどうか、どの程度自分の影響を受けたか」という上下関係に組み込むことしか捉えられないのです。

自分の影響を、常に最大限にしておきたいという心の状況は、広すぎて物を置きすぎた、掃除しにくい部屋のようなものです。よその人の領域まで「自分」と見做しているので、当然、自分のではない物まで置いてあって、戦利品ではあるのですが、心から望んだものではないので、目障りで、不愉快です。でも、窓は収奪した品々で隠れているから外も見えず、ずっと自分の部屋にあるものを眺めて、目障りだ、と思い続けるしかないのです。

心の部屋に置くものは、他人から奪ったものではないほうが良いです。欲しいと思って手に入れてきたものに限ります。でも、すごくわかりきったことですよね。広すぎる上に他人の残骸が転がって埃を被っているような部屋を持った人が現れたらどうしましょうか？　わたしもまだ、これといった技は持っていないのですが、早めに気持ちのシャッターを下ろして、自分のことは話さず（何も与えず）、間違っても理解し合おうとはしないことです。これは、わたしがしてきたさまざまな失敗の、まったく逆の対処でもあります。

愛着と「親ばか」の効用

家を引っ越して数年が経ちました。前に住んでいた賑やかな場所とはまったく雰囲気の違う静かなところで、引っ越す前は、自分がなじめるか不安を感じていましたが、今はけっこう気に入っています。引っ越しの前、わたしは、近くにあの大きなスーパーのチェーンができて便利になったのに、せっかく価格帯や売り物の種類も覚えてよく使うようになったら、離れてしまうことになっていやだなあ、などと考えていました。その他、自転車で走りやすい長い直線の道路や、駅前の牛丼屋などが、とても惜しいと思っていました。ですが今は、新しく近所になったスーパーもけっこう良いと思うし、駅前の様子も気に入っています（離れがたかったチェーンのスーパーも、近くにありました）。今も、地図を見ながら自転車でいろいろなところに出掛けて、知らない店を見に行くことを楽しみにしています。道すがらに、とても自分の好みの店があったら、グルメ本に載っているようなところじゃなくても、敬意と愛情を持ちます。

住んでいる場所を好きになれると安心します。住めば都、とはよく言ったものです。そうでなくても、嫌いだと取り立てて思わずにすむことは、とてもありがたいことです。住んでいる場所の好き嫌いは、個人的な感情に左右されるものですが、住んでからの月日の長さも関係してくるものだと思います。その町で過ごすうちに、知らず知らずのうちに、自分にとって都合の良い住み方を覚えていくというのでしょうか。

町に限らず、普段使っている物に対しても、もしかしたらそういう思いを抱くものです。たとえばわたしは、自分が長く着た服、使っているタオル、食器、文具などが好きです。具体的に言うと、消しゴムを最後まで使い切ったり、タオルをぼろぼろになるまで使うことが好きです。ずっと使っている紅茶用のポットとマグカップを、重曹できれいにみがくと、とても幸せな気持ちになります。最近は、それらの道具が好きなら消費に貢献したい、と強く思うようになり、タオルや消しゴムは買い足して、家のいろいろなところに置いて使うようになりました。消しゴムはともかくとして、タオルは便利です。いや、消しゴムもすぐに、どこに行ったっけ？　となるので、たくさん持つのも悪くありません。

こういう気持ちを愛着というのではないかと思います。辞書には、「今まで慣れ親しんだものとは離れたくないと思う心」とありました。慣れ親しむ、という状態には、それこそ時間の長さや、気持ちを持つ側の個人と対象の相性など、いろいろな要素が含まれています。どちらかというと、その対象が「誰から見ても良いものと思えるか？」ということよりは、もっと一対一の気持ちのやり取りを尊重したもののように思えます。他の物と比べてそれはどうか？　という厳しい目線はあまり含まないのが、愛着という感情や、慣れ親しむという行為の特徴の一つなのではないでしょうか。

傍にあるもの、自分の手に回ってきたものに慣れ親しんで、愛着を持つということは、実はとても大事なことなのではないか、と最近思うようになりました。インターネットが普及している今の時代には、容易に「わたしの持ち物とあなたの持ち物」を比べられるようになり、明確に、その差が数値によって表されるという場合さえあります。他の人より良いもの、お得なものを持とうとしたら、きりがありません。だからこそ、愛着という感情の不思議さや自然さが、興味深い、自助を促す感情であるように思えてくるようになりました。なにしろ、とても個人的な気持ちなので、対象を比べ合うことはできないのです。「これは長年傍にあるものだから好き」という単純な思いを否定できる言葉はありません（だからこそ、慣れ親しんだ苦痛や不便さを手放すことは難しい、と以前にも書いたのですが）。この感情は、町や物だけではなく、人間関係にも適用できるものだと思います。「彼女はいい子だ（わたしの友達だから）」「夫はいい人だ（わたしの家族だから）」という程度の気持ちと根拠のバランスは、とても健全なものなのではないでしょうか。

愛着という気持ちは、「親ばか」みたいなものなのではないか、とも思います。親ばかだから、その根拠を示して他人をうらやましがらせようとムキにならなくてもいいのです。その人自身が、親ばかを認めてさえいれば、心の中でその対象はちゃんと支えになってくれるのですから。すべてにおいて「親ばか」だと、立ち行かなくなる物事も出てくることが予想されますが、個人でいる時の気持ちの何割かは、「親ばか」に任せてもいいと思うのです。

ふるまいと言葉と本心の関係

先日、一緒に仕事をしている方と、彼女の三歳になる前の息子さんの話をしました。言葉を話し始めた息子さんは、いろいろなことを話すのですが、中でもおもしろかったのは、あるアニメの登場人物（おじさん）が、うどんのおつゆをすすって「あったまるねぇ」と言ったことを真似して、自分もうどんを食べている時におつゆを飲んで、「あったまるねぇ」と笑顔で言ったことだそうです。息子さんは他にも、その登場人物が「腰が痛い」と言うと、別の時に腰を曲げて何かした時「腰が痛い」と言ったりもするそうで、三歳ではとても「腰が痛い」という感覚などわからなかったわたしは、息子さんが真摯に、アニメの登場人物の仕草や言葉と、自分の行動を照らし合わせて定義しようとしていることに感心しました。そして改めて、子供は真似をすることから人の振る舞いを覚えるものなのだな、ということを知りました。だからこそ「子供の前で両親は汚い言葉遣いをしてはいけない」という物言いを、より真に迫ったものとして実感しました。

自分がどうだったかはあまり思い出せないのですが、確かに、アニメや絵本の登場人物の状況や感じ方と、自分の現状を照合して「こういう時にはこう話すものなのだ」と考えていたように思います。それは、好きなものを食べたからうれしい、とか、転んだから痛い、という、身体感覚を伴ったわかりやすいものというよりは、もう少し複雑な感情の表出について、「こういう時にはこう話すものなのだ」と口にしていた覚えがあります。

あまり良くない例なのですが、たとえば七歳の時、小学校でドッジボールをしていて、わたしは、敵のチームの生徒に「甘く見ないでほしい」というようなことを言ったことがあります。特に、相手のチームの生徒が自分たちを侮ったわけではなく、自分がそのように感じたわけでもありませんでした。ただ、自分のチームが、相手より少し劣勢で、しかし、ドッジボールのうまい子がまだ自陣に残っていたので、逆転できそうだな、という状況だっただけなのですが、わたしはそんなふうに口にしました。要するにそれは、そういう状況を描いたアニメ・マンガ・本のいずれかの類をわたしが目にしていて、登場人物がそういうことを言ったのを真似しただけだったのです。今考えると、相手チームの誰もが、わたしの言うことなんか真に受けなかったのが幸いです。

心が言葉をもたらすのか、言葉が心の動きをもたらすのか。その相互作用は、必ずしも一方通行ではないかもしれませんが、子供の頃は、頭で考えてというよりは、言葉を基準に行動を決めることが多かったように思います。だからこそ先生たちは、現実はそんなにきれいなものでもないとおそらく思いながらも「みんな仲良くしましょう」だとか「思いやりを持ちましょう」といったことを、わたしたちに教えたのかもしれません。そういった言葉のいくつかは、大人になってからときどき、実感を持ってよみがえってきて、あれは本当だったな、とか、あれは子供を都合よく動かすための方便だった、といったことを仕分けられるようになっています。その「本当」と「方便」もまた、それぞれの大人になってからの実感によって違っています。

思えば、物事を「実際にそう感じるのか」という観点から評価する年齢になるまでは、とても長い時間が掛かったと思います。今も、すべての物事に関して、いちいちそれを行ってはいないでしょう。気力を使うことですから。実は、何もかも、ひとまとまりの言葉に預けてしまったほうが、らくなのはらくかもしれません。「あなたがいなければ生きていけない」とか「やりがいのない仕事に価値はない」とか「平家にあらずんば人にあらず」といったフレーズに。

まとまったもっともらしいフレーズには、心を自動運転するような作用があります。人は言葉を連ねることによって思考しますが、それを手放して、あらかじめパッケージングされたフレーズに従うわけです。そこには、ばらばらの言葉を一つ一つ集めて、積み上げてはまた崩すという鈍重な作業はないので、時間と気力の節約になります。

しかしそれは、わたしがドッジボールの時、深くも考えず相手のチームに「甘く見ないでほしい」と言ったことと似ているのではないでしょうか？　わたしは、そんなことを言い放って悦に入る前に、自分が誰の後ろにいたらいいか、どう練習したらうまくボールを投げられるか、といったことを考えたほうがよかったのかもしれません。フレーズにとらわれている人には、独特の不自由さがあります。それは、フレーズによって、見えるものや感じることが規定されているからです。また、決められた道しか走らない自動運転の状態なので、その不自由さに気付くことも難しいと思われます。

あるいは、フレーズに主導権を取らせているうちは、まだ子供が言葉と振る舞いを学んでいる段階といえるのかもしれません。「本当に自分はそう感じるのか？」「本当にそう思うのか？」と、臆せずに自分に問いかけるようになることは、大人になってこそ身に付く勇気であり、自分を導いてきた無数の「言葉」に対する誠実さなのではないかと思うのです。

ふるまいと言葉と本心の関係

自分という子供との付き合い方

大人になって、いいことがたくさんあったと思います。なんといっても、そこそこの金銭的な自由を得たのは大きいことでした。自分のお金で遊んで、自分のお金で好きなものが買えるのです。お小遣いを親に支給してもらうしかお金を手に入れる手段がなかった子供の頃からしたら、大きな自由といえます。その代わりに、時間的な自由をかなり失ってしまいましたが、時間自体を使うのもうまくなっていましたし、拘束時間と賃金の折り合いがまあまあ付く職場に辿り着いて、そこで長く働くことができました。子供の時の自分に話したら、いいなあ、と言うと思います。なにしろお金はないし、うまく場になじむということができない子供でしたから。

とはいえ、そういう子供の頃の記憶は常に自分の中に石のようにあって、今がよければすべてよし、というわけにもいかないことを、ときどき不思議に感じます。今のわたしのいろいろな行動やものの感じ方に、子供の頃の自分の立場が影響しています。いいことであっても悪いことであっても。どうしたって、先生からも友達からもよく怒られた幼稚園の時の「自分だけうまく成長できていなかった」かのような疎外感を忘れることはできませんし、きょうだいと母親といういまだ続いている関係の中にも、小さくとも動かしがたい齟齬があります。わたし自身は、ほとんど我慢をさせられたという経験はないのですが、弟に比べて自分は母親に批判される（叱られるではなく）ことが多いのではないかとときどき感じていて、でもそれは、大人になって同じきょうだい構成の友人に出会うまで、明確な言葉には落とし込めない違和感だったのです。それがわたし個人のいじけた思い込みであったとしても、たとえば、知人のきょうだいの姉なども、下の子達が精神的に弱かったり、社会性を身に付けるのが遅れたりと手がかかったので、親にうまく甘えられず、大人になった今、その不満を口にしているといいます。

子供の時にうまくいかなかったこと、満たされなかったことは、大人になっても意外と尾を引いているものです。普段は特に気にもしないのですが、同じようにうまくいかない時、報われない気持ちを我慢できない時に、自分の中の子供が、心の奥底から現れて、自分はうまく大事にしてもらえなかったから悪いんだ、と今大人である自分の口を借りて不平を言います。心は子供だけど、頭の中身は大人だから、口は達者で、弱っている自分はそのことに言いくるめられそうになります。実際、子供の頃の経験というのはとても大切なのですが、けれどもそれがすべてなのでしょうか？　心の奥底からやってくるその子供を、今の自分の力でなだめたり、説得したり、優しくしてやったりはできないのでしょうか？

冒頭の金銭の話に戻りますが、「大人買い」という言葉は、まさにそういった自分の中の子供をなだめてやる、大人としての行動を表す言葉のような気がします。わたし自身も、ときどき要りもしないのにノートを買ったり、おもしろそうな消しゴムを買ったり、手芸の材料を買ったりします。そういったものが、子供の頃はたくさん欲しかったのです（けっこう与えてもらってたんですけどね）。欲しかったものに囲まれていると、使う時間がなくても幸せな気持ちになります。物質的な問題なら、そうやって自分で解決したりもできるのですが、子供の頃の感情的な満たされなさは、いったいどう扱えばよいのでしょうか。

ときどき、自分の中の子供の世話をしてくれそうな誰かがいると、手当たり次第押し付けようとする人がいます。彼らは他人に、自分の中の泣き喚く子供をなだめさせ、面倒を見させ、ひどい時には育てさせようとさえします。さまざまな対人関係における、利害関係のないところで他人の感情を奪おうとする行為の根底には、この、自分の中の子供を他人に押し付けるという意図があるように思います。けれども、子供を押し付けられた相手からしたら、目の前にいるのはいい大人なので戸惑います。どうしてその人は、さしたる理由もなく感情的に威嚇してきたり、冷静さを装いながら刺すような言葉で傷をつけようとしてくるのか。自分のことは自分でできる大人のはずなのに、甘言を弄しながらもたれかかってこようとするのか。

一時的にあやしてもらうことはできても、自分の中の子供を他人になんとかしてもらうことは、実質的には不可能なことです。その子供は、その人自身にしか見えないし、だいたい誰しも自分の中の子供の相手で手がいっぱいです。どこかで聞いたような言葉なのですが、自分の中の子供は、自分で面倒を見るしかないのです。不満を抱えながら悲しそうにしているその子供と、ああしたら気が紛れるかもね、とか、こうしたらうまく人と関われるかも、とか、ここをなおさないと不自由しそうだね、とか、ここはなおさなくてもいいかもね、などと少しずつ話し合いながら、人間は明日も自分ではない誰かに会いに行くのです。もう一度子供には戻れない以上、泣き喚く子供、不平不満で爆発しそうな子供は常に自分とともにいて、それはもう仕方のないことです。自分がその子と仲良くしてあげられなければ、いったい誰が仲良くしてあげられるのでしょうか。

あとがき

連載を本にするという形で改めて読み返してみると、当時の自分はすごくいろいろなことで悩んでいたし、とにかくそれを通り抜けていこうともがいてたんだなあ、という感慨を覚えます。今も、これらの文章を書いていた当時の悩みのいくつかは持ったままですし、新たに加わったものもあります。また、風化したようになり、もはやなんとも思わなくなった問題もあります。

雑誌『清流』で、「くよくよマネジメント」を連載していた当時は、今のわたしが思い返しても、大変そうだな、と思うほど、仕事の上でも、当時置かれていた人間関係の上でも、いろいろなことがあった時期でした。だからこそずっとくよくよしていたし（今もしていますが）、それを見咎《みとが》めてさらにつけ込んでこようとする人も、反対に、支えようとしてくれる人も周囲にたくさんいましたので、自分もいろんなことを考えましたし、このように文章にもできたのだと思います。今現在は、この当時よりも少し落ち着いたというか、諦めることや逃げることを覚えた感じです。それがいいことなのか悪いことなのかはわかりませんが、こうやって文章に書いているように、いろいろなことに対処して回らなければならなかった経験があった上で得た身の処し方のようなものなのかもしれません。

また、忘れてしまっているようなこともありました。特に、「明日の自分を接待する」というような発想は、会社をやめてからますますだらしなくなった自分には、より必要な発想であるように思えます。この当時は、大量にごみを捨てて満足していたのですが、時間が経過した今、また身辺整理をすべき時が来ているのかも、とも思います。

本書で記述されていることはほとんど、わたしがわたし自身に言い聞かせるようにして書いていることばかりで、自分の中から自《おの》ずと出てきた課題と、それを解決するまでもなくかわす、いなす方法を記しているため、自分の中に残っていて当然、という考えのはずなのですが、全体を読み返してみると、どんなにましになれそうなことを考えてみても、つねづね自分に言い聞かせていないと忘れてしまうんだな、としみじみ思うこともありました。自分がこの本の作業から学んだもっとも大きなことは、とにかく人は忘れるので、定期的にでも不定期にでも、自分の決意したことは思い返すべきだ、という、なんだかまぬけな一点でした。

とはいえ、忘れてしまう、ということを受け入れたら、あとは復習するという対処も見えてきたため、行きつ戻りつでやっていこうと思います。もういいかげん、四十歳も手前となると、自分を飛躍的に善くしてくれる魔法の発想というものはないということがわかってきました。けれども、一つ一つ積み重ねてきたことや、忘れないように自分に言い聞かせていることが力を持つこともわかってきます。おそらくは、この文を読んでくださっている方々よりも不器用なわたしのおろおろやくよくよの実態の報告が、少しでもみなさんの心の落ち着きの力になることがありましたら幸いです。

ちなみに最近身に付けた生活の工夫は、買い物に外出する前に必ずトイレットペーパーと洗濯用洗剤の在庫をチェックして家を出ること、です。まだたくさんあるのを頭でわかっていても、必ず見に行くようにします。どちらも、使いたい時になかったら大変なものだからです。両方、この一年以内に「ない！」という失敗をしたので、気を配るようになりました。まったくその程度のことで、とお思いになるかもしれませんが、わたし個人としては、ほんの少しだけ、生きやすくなったような気もします。

最後になりましたが、本編以上にすばらしいイラストとマンガを描いてくださいました森下えみこさん、素敵な装丁をしてくださいました木庭貴信さんと角倉織音さん、そして連載の面倒を見てくださってからも、忍耐強く本にするということを進めてくださいました編集担当の秋篠貴子さんに、多大な感謝を申し上げます。秋篠さんの将棋の話はすごくおもしろいんですが、それはまた別の機会に。最後に、家族と友人に感謝を申し上げます。

この本をお手に取ってくださいまして、本当にどうもありがとうございました。

津村記久子

津村記久子（つむら・きくこ）

一九七八年、大阪府生まれ。二〇〇五年「マンイーター」（単行本化にあたり『君は永遠にそいつらより若い』に改題）で第二一回太宰治賞を受賞し、作家デビュー。二〇〇八年『ミュージック・ブレス・ユー!!』（角川書店）で第三〇回野間文芸新人賞、二〇〇九年「ポトスライムの舟」で第一四〇回芥川賞、二〇一一年『ワーカーズ・ダイジェスト』（集英社）で第二八回織田作之助賞、二〇一三年「給水塔と亀」で第三九回川端康成文学賞、二〇一六年『この世にたやすい仕事はない』（日本経済新聞出版社）で芸術選奨文部科学大臣新人賞を受賞。エッセイ集『やりたいことは二度寝だけ』『二度寝とは、遠くにありて想うもの』（共に講談社）など著書多数。

本書は、月刊『清流』（二〇一〇年五月号〜二〇一三年七月号）の
連載に加筆修正し、単行本化したものです。

イラスト　森下えみこ
装丁　木庭貴信+角倉織音（オクターヴ）

くよくよマネジメント

二〇一六年五月二六日　初版第一刷発行

著者　津村記久子

発行者　藤木健太郎
発行所　清流出版株式会社
〒一〇一-〇〇五一
東京都千代田区神田神保町三-七-一
電話　〇三-三二八八-五四〇五
ホームページ　http://www.seiryupub.co.jp/
編集担当　秋篠貴子
印刷・製本　図書印刷株式会社
乱丁・落丁本はお取替えいたします。
ISBN978-4-86029-446-5